笔尖的月亮

月小凉 著

浙江工商大学出版社
ZHEJIANG GONGSHANG UNIVERSITY PRESS
·杭州·

图书在版编目(CIP)数据

　　笔尖的月亮 / 月小凉著. — 杭州 ：浙江工商大学
出版社，2023.12
　　ISBN 978-7-5178-5836-2

　　Ⅰ．①笔… Ⅱ．①月… Ⅲ．①散文集－中国－当代
Ⅳ．①I267

中国国家版本馆CIP数据核字(2023)第230681号

笔尖的月亮
BIJIAN DE YUELIANG

月小凉 著

责任编辑	唐　红
责任校对	李远东
封面设计	月小凉　朱嘉怡
插　　画	月小凉
责任印制	包建辉
出版发行	浙江工商大学出版社
	（杭州市教工路198号　邮政编码310012）
	（E-mail：zjgsupress@163.com）
	（网址：http://www.zjgsupress.com）
	电话：0571-88904980，88831806（传真）
排　　版	杭州彩地电脑图文有限公司
印　　刷	杭州高腾印务有限公司
开　　本	880 mm×1230 mm　1/32
印　　张	6.625
字　　数	135千
版 印 次	2023年12月第1版　2023年12月第1次印刷
书　　号	ISBN 978-7-5178-5836-2
定　　价	48.00元

目录
CONTENTS

第一辑　成长百味

003 / 挑战与未知

013 / 争吵与谎言

023 / 困难与瓶颈

030 / 机遇与新朋友

036 / 停滞与启动

043 / 恢复与启程

051 / 扬帆与冲刺

076 / 分别与回顾

084 / 收获与启航

第二辑　成长旅伴

095 / 最早遇到的老师们

099 / 小学最好的时光

105 / 成长中的引路人

114 / 蓝胖子中队

119 / 我们曾同窗

129 / 暖阳顺风车

第三辑　成长思索

135 / 初雪与春日

141 / 生活一角

149 / 吉祥如意

162 / 节气的故事

198 / 宿于山中

后　记

203 / 月亮与书

第
一
辑

——

成长百味

挑 战 与 未 知

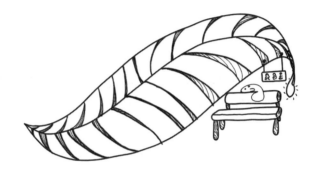

　　关于小学，我最初的记忆并不来自后来就读的那所小学。因为我读幼儿园时居住的房子在另一个学区，从小我身边都是这个学区的一所小学的"学长学姐"，周边的孩子们也纷纷表达着对这所小学的向往，甚至幼儿园时的"小学体验课"，我也是在这里上的。

　　因此，我在很长一段时间里都以为我会去这个体验过的学校。当母亲告诉我，我将要去的并不是这个学校的时候，我无疑是吃惊的。

　　但，这种情绪很快被自豪替代，因为我听到我将要就读的是"实验学校",虽然当时还不明白"实验"的意思,但我至少明白,这个学校与那些普通的不一样。

所以,我很快就自豪地向幼儿园的老师、朋友宣布了这件事。又很快地,"××要去读实验学校"这个消息传遍了整个幼儿园,我一下子成了幼儿园的焦点人物,走到哪儿都会有人来问:"你就是那个要去实验学校的女生?"

对于这种"特殊待遇",我本是很高兴的。直到某天,又有一个小朋友问我相同的问题,我有些骄傲地大声回答"是的"之后,他并未像别的孩子一般,流露出羡慕的神情,而是继续好奇地问我:"那你在那里岂不是一个朋友都没有了?好可怜呢。"

我一下子呆住了。的确,通常来说,同一个幼儿园的孩子大都会去同一个学区的小学。我也很自然地接受了"小学中会有很多幼儿园同学"这条信息,然而我忘了,如果我去的是一个完全不同的学区的话,我在幼儿园是去向特殊的一个,那我在新学校也成了很特殊的一个。

一想到升入小学后可能面对的新同学、新环境和新老师,以及听说很可怕的"回家作业",我便再也无法抑制内心的恐惧,放声大哭了起来。

很快,我的母亲便发现,原本对于新学校非常期待的我,突然极为反感上小学,甚至每天一提及就有想哭的欲望了。

就在这种不算太积极的氛围下,我迎来了我的"开学第一天"。说是"开学第一天"其实不太准确,毕竟真正意义上的"开学第一天"是在报到后的那一日,而报到,则是我与即将共处九年的同学们的第一次会面。

校门口，许多孩子因为不愿与父母分别，眼泪不断向下落，老师与他们的父母蹲在他们身旁，不停地安慰着，远远看去，三三两两一小群，竟也算得上壮观。

孩子从某种程度上来说，是很有些从众心理的。几乎每个快要进入校门的孩子，见了门口这光景，眼眶便都不由自主地红了。因此，当我们走到校门附近时，母亲握着我的手也下意识地紧了几分，口中还低声哄起了我："很快的，半天就回家了啊。"

我盯着母亲，心中不免有些好笑："妈妈，我不怕的！我一年级啦！不会哭的！"说着，还用力挺了挺胸，表示自己的强大。

母亲见了我的举动，也放松了不少，伸手揉了揉我的"蘑菇头"，乐道："嗯，知道我们家宝贝最棒了！"

得到了表扬，我的笑容更深几分，昂首进了学校。回首，用力与母亲挥手告别，然后我便这么含着笑，昂首阔步进入了这一个全新的学校，身前是红旗飘扬、学堂明亮，身后是暖阳笼罩。

在迈入学校大门片刻后，我心中的自豪却逐渐注上了几分说不清道不明的担忧。我尽力维持着唇边的笑，寻找教室的步伐缓下来，口中也不住地念叨着："要找个教室啊，我的教室在哪里呀？要找个教室呀……"

眼泪在眼眶中打了几个转，最终还是落下，眼角边的通红是我拼命擦拭泪水留下的痕迹。我环顾四周，却不曾找到可以寻求帮助的伙伴。世界上，好像只剩下了我一个人。

我飞快地用手背拭去脸上的泪珠，一边开始了自我安慰："别哭！妈妈在门口看着你呢！我很坚强！嗯！坚强！"一边用力点了好几下头。

再抬眼时，一个写着"101"的铁牌子吸引了我的注意："101班，我的教室！找到了！"

下巴处的最后一滴泪似乎被秋日的风轻柔地拭干，我伴着轻快的上课铃声，奔向了我的教室。

"好暗"，这是进入教室后，我的第一反应。教室中没有开灯。九月教室外的烈日、风扇转动的"吱呀"声和孩子们互相对话的画面融合在一起。画面中处处显出喧闹和混乱，却又出奇地和谐、友好，正如我此后数年，在这所学校经历的生活。

当双眼适应了新教室后，我的目光便粘在一个小女孩的椅子上无法移开了。无他，这挂在椅子上的书包，与我背上所背的、我精心选择的书包完全一致。

与许多撞衫的姑娘们的尴尬不同，彼时之我在见到撞款的书包后，第一反应是："这真的是太巧了！"

于是，我走到那个小女孩身后，拉开椅子坐下来，乐呵呵地指了指自己的书包，又指了指她的："我的书包和你的完全一样！我真的很喜欢这个书包！你也是吗？"

前排的女孩转过头来，她看上去很友好，圆圆的脸粉嘟嘟的，双眼弯弯的，仿佛将一双月牙儿安在了脸上，唇也是弯弯的，叶儿似的柔软。

"是呀！我也挑了很久的！"

"我也是！我们真的好有缘分，你愿意和我做朋友吗？"

"好啊！不过，什么是缘分啊？"

"就是……就是说我们有很多一样的地方！"

"那我们确实很有缘分！你看，我们都戴眼镜！"

"对啊！哈哈哈哈……"

就这样，在开学的第一日，靠书包，我结识了在新学校的第一个朋友。不过，直到现在，我都没有告诉过她，那时我对"缘分"这个词的意思其实并没有正确的理解。

很久以后，我终于学到了"缘分"的真正解释——"人与人之间遇到的机会"。彼时，我又一次回想起第一次在新学校初见的上午，那个因为几小时分别便流下眼泪的小姑娘，那纯朴的友谊的开端。我想，若回到那个下午，我大约仍然会说："我们真是很有缘分呢！"

报到后的第二日，便是正式的入学典礼了。

说到入学典礼，约莫每个学校都会有一些特殊的仪式，譬如新生签名按手印什么的，而我们学校的仪式则分外有趣。

因为学校九年一贯制的"实验"特质，我们在一个学校中拥有三个校部，而开学典礼则是在最大、属于六至九年级的校部之中举行的。也是这个原因，其余两个校部的孩子都需要走一小段路，来到开学典礼所在的场所，这段路程也成为校区中一道特殊的风景线。

别的年级或许还好，作为第一次参加开学典礼且年龄最小的我们，显然并没有跟随班主任老师走几百米的路程的经历，就算有，家长也未必会对我们放心。故而，在开学典礼上，一年级新生是被老师指引着，在本校部的操场中排成整齐的队列，等待着九年级的学长学姐来接我们，然后大手牵小手，共同走进开学典礼的现场。

当然，作为一个刚从幼儿园毕业的孩子，我对于"九年级的学长学姐"缺乏具体的印象。在小小的我的心里，"哥哥姐姐"大约就与小区那个大我四岁的姐姐一样。她已经读五年级，再也不用剪看起来有点呆呆的蘑菇头，而是扎着马尾辫，背着看起来沉重的书包在小区里快步走着。偶尔会在电梯里遇上，她和她妈妈，她们时不时说着"小升初""培训班"之类的话语。

当然，这些名词的真实意思，我当时是不太明白的。事实上，我很少同她讲话，因为不知为何，我总是感觉"她已经是比我大很多的人了，贸然和她讲话是会被讨厌的"。对于当时的我来说，四岁已经是一个巨大的数字了。那些考试、升学压力，在当时的我心中也都是一些特别遥远的东西。

所以，当班主任，一个有着圆圆的脸、表情和善的女老师告诉我们，这些来接我们的哥哥姐姐比我们要大七八岁的时候，我完全无法想象他们的样子。

"大八岁……我今年七岁，也就是说，他们在我们出生之前就出生啦！"

等待时，站在操场上，我掰着手指，有些得意地与身后的同学分享我的发现。

"当然，而且不仅是这样，他们应该是在我们出生之前，就已经上小学了。"

我身后那个昨天与我背同款书包的女孩，扶了扶眼镜，补充道。

"哇……那真的好大好大，他们都是大人了吧！"

"我也觉得是，他们可能是还在学习的大人。"

"最厉害的是，我们以后也会变得这么大！以后也会像他们这样，来带小朋友去参加……"幻想着，有些兴奋过头的我一时竟忘记了即将参加的活动的名称，想了想，最终道："很大的活动！"

"应该会是这样的……你看，那里好像就是他们！"

想象被喧闹声打断，我跟随着身后人手指的方向看去，校门口阳光倾泻处，一群高大的孩子正向我们走来。

我的心不觉提了起来，呼吸也慢了几分，小心翼翼地踮着脚，望向向我们走来的人。

"他们，好像不如我爸爸妈妈那么大欸。"我仔细盯着那些从我面前走过的人，最终得出了一个完全正确的结论。

"也许是这样的吧。你看！那些人好像是来我们班的！"

思考被打断，我的身边走来一个身形高大的姐姐，她穿着与我们颜色款式都不相同的校服，梳着整齐利落的高马尾，挂着友好而和煦的笑容，向我伸出了手："妹妹，牵好我的手，我们要去参加开学典礼了。"

那姐姐的笑容十分温暖与亲切，以至于我一下子忘了母亲曾在我出门前对我的千般提醒，她叫我要向姐姐有礼貌地问好，也忘记了方才在排队前心中暗暗定下的"要与大姐姐交朋友"的"伟大志向"。我只是呆呆地望着她，抿了抿唇，恍惚着将手放进她手中。

她的手比我的大许多，那时我几乎从未想过有一天我也能拥有这样一双修长而白皙的手。与我那紧握了许久有些汗渍的手不同，她的手是干燥而柔软的，当我触碰到她的手指时，我几乎认为我在与一团晒了许久太阳的棉花牵手。

更似梦了。

于是就这么迷迷糊糊地被牵着，我们安全地走过了两个校部间被认为危险异常的十字路口，来到了比我们校部大许多的初中校部门口。

一切似乎都被放大了。更宽大的校门，更高大的教学楼，更开阔的操场和更高大的学长学姐……而在这一切的"高大"之中，混进了小小的我们，我们仿佛误入巨人国的格列佛，好奇又拘谨。

晕晕乎乎地随着大姐姐在操场前排成了整齐的队列，我方才从进入"巨人国"的惊奇中缓过神来，松开了牵着学姐的手，我终于有闲心分出一丝理智来瞧瞧周遭同学的模样。

我身后的那个女生也同我一般，好奇地四下张望着，她似乎对那高大的教学楼着了迷，喃喃自语着："我们以后也会来这么大的地方学习啊……这么大……"

牵她的学姐似乎与牵我的学姐关系不错，两人原本正趁着这难得的空闲时间凑在一起说着什么，听见那女生的感叹，都不由得轻声笑了起来。

"是啊"，牵我的学姐带着未完全掩去的笑容，接上女生的话，"等你们到六年级，就会来这里读书了。"

"而且，这里其实不算特别大的校区啦。杭州比这里大的初中还有很多。"另一个学姐补充道。还欲再说些什么时，队伍突然开始缓慢地向前移动。

"哦，要进去了。"说着，我身旁的学姐再次牵起我的手，向操场走去。

操场入口处，有一群学生拿着一些那时的我未曾见过的物件，卖力地摆弄着，突然发出的声音将我吓了一大跳。许久之后，我才知道，那些学生是校铜管乐队的成员，而那首把我吓了一跳的曲子，是学校的校歌。

在一段不算长的乐曲后，我们这一届新一年级，就被那些即将面临中考的学长学姐，正式带入了这个共有九个年级的大家庭。

相比从小学低年级校部到初中校部这一段"旅程"，接下来的环节则显得有些无趣和冗长了。

主持人宣布开学典礼正式开始后，校长、副校长等一众校领导依次上台致辞，之后，是各校部的学生代表致辞，最后，是新老师的介绍和宣誓，以及主持人宣布开学典礼结束。

操场上，蝉鸣与不时传来的同学们的细小说话声，使我昏昏欲睡。九月初的酷热天气使得周遭的一切都滚烫，额上早已布满了汗，更不要提那早已被汗浸湿的后背和满是汗渍的掌心。

总之，这一场开学典礼下来，我除了最开始见到学姐时的兴奋，能够记住的便只有两件事：吓了我一跳的铜管乐队与那烘了我一身汗的酷热天气。

　　直到后来，我升入九年级，在那个离别近在咫尺的时刻，再去看那些我曾不喜欢的事物，才瞧出了特别的意义来。

　　那些"嘱咐"是从老师们长久的教学实践中提炼出的经验总结，字字句句无不体现着老师们对孩子的爱；那些校领导的致辞也都包含着对孩子们最朴素、最真诚的期望。

　　至于那酷热的天气，却在即将别离的时刻，渲染出分离的伤感。每每回忆，它总是提醒着我——那是我再也回不去的开学典礼啊。

争吵与谎言

　　时间流逝，年岁渐长。当我升入三年级时，不知从何时起，伙伴间开始流传这样一首打油诗：

　　一年级的小鬼

　　二年级的谁

　　三年级的妹妹跳芭蕾

　　四年级的帅哥操场追

　　五年级的老师叫你回

　　六年级的作业满天飞

　　韵律简单，朗朗上口，很快这首诗就在班上的同学间流传开了。

　　那时，我们刚换了校部，虽然仍是全校部最小的一群，但懂的东西更多了些。同学之间的关系也变得有些微妙，几乎每一位同学都能坦荡地说出和自己玩得最好的伙伴，以及与自己关系最远的同学。

　　不过，到底只是小孩子脾性罢了，就算是关系再疏远的同学，见他人被开玩笑也会出面制止，那开玩笑的同学多半也不是出于恶意，不过是想捉弄他人一二，被人提醒了很快便能理解，转头也就向人道歉去了。

记忆中，整个三年级，几乎没有几个人真正地掉过眼泪。那些流泪的呢，若非是做了亏心事，便是看了什么感人的桥段，被其中那些感人的故事，弄得掉泪了。

事实上，在我不多的那几次落泪的事件中，后者也是占了绝大部分的。但，十分不幸的是，我不但在三年级一年中连落了两次泪，且这两次落泪，归根到底都是同一个原因——我那糟糕的同学关系。

我与同学糟糕的关系，最早可追溯到我刚入一年级的时候了。而究其源头，可能要归咎于那个小中大三个年龄段混班的幼儿园。

我在幼儿园活泼好动，却又温和听话，可以说是老师最为喜欢的那一拨，与同学们相处得也很不错，算是幼儿园的"大姐大"，所以导致最初进入小学的我个性极强，往极端了说，就是不易听取他人意见，甚至总是贸然反驳他人意见。这种性格在多个年龄段"混居"于一个班的幼儿园或许还算合适，但在大家都已经产生了独立自主性格的小学中，就属于非常不招人喜欢的性子了。

偏偏我似乎还沉迷于幼儿园时的"大姐威风"，一直沉迷于打造一个属于自己的"小组合"，甚至还曾着迷似的给组合起了个名字"梦和"，如今听来憨傻非常的事情，却是那时的我真的做过的。

当然，结局也是显而易见的，并没有小朋友愿意加入一个听起来就不太靠谱的组合，而我，也因为过于强势的行事作风而成为小朋友堆里最不被喜欢的那一个。

不过上文也有提及，孩子们的讨厌总是不那么彻底，所以我所经历过的所谓"讨厌"，不过是诸如体育课上组队时被告知她已经和别人组队了，午间值日班长请同学依次吃饭时将我的吃饭顺序排得靠后一些等事情罢了。

这种情况一直持续到三年级，我们换了新班主任后。

某日一个很平凡的午后，照例是值日班长选择同学依次去吃饭。请吃饭的规则简单来说就是，请同学们在位置上坐好，值日班长站在讲台上，看见坐姿端正、没有交头接耳的同学，就点他的名字，那位同学就可以拿着饭盒去走廊上打饭了。

当然必须承认，这个规则中值日班长的权力是有些大的，毕竟判断同学状态是否合规是一件十分主观的事情，所以许多值日班长都会优先叫与自己亲近的朋友，这也算班上心照不宣的"潜规则"。好在班上同学不多，打菜前后时间差最多不过五分钟，值日班长又是一个全班轮流的职位，所以也并不会出现某些同学总是很晚吃上饭的情况。

话归正题，那日我在午餐开餐铃响了以后，照例端正地在座位上坐好：双膝合并，小腿肉紧缩，整个屁股以三分之二的位置落在座椅上，后背挺直，肩膀板正，俨然一副好学生做派。

当日班长与我算不上亲热，但也并非十分疏远，所以在我坐正的几秒后，我就看见她的眼神向我的位置扫来，我更兴奋了，整个人坐得更加挺拔，仿佛要从座椅上飞起来，眼神直勾勾地盯着她，只盼着她微张的嘴里接下来能冒出我的名字。

她的唇张开了，我咽了咽口水。

她的眼神却忽然从我的身上离开，来到了我的后方。

她那微张的嘴里，最终冒出了我后桌的名字。

我几乎完全不可置信地回头，看见我的后桌平静地拿起饭盒，起身，打饭。

怎么会这样，他坐得明明没有我端正啊。

我的眼底翻上一丝委屈，有些难以置信地望向了值日班长。她的眼神并没有从我们这个方向移开，却也并不停留在我的身上。

我于是不再看班长，转而将视线转移到门口正在打饭的后桌身上。

我看着他穿过一个又一个饭桶，手中的饭盒一点又一点地染上不同的颜色。

他再回来时，我的眼中已经不再有他了，我满眼都是他手中的那盒午餐。

那天的荤菜是酱烧大排，我原本并不是很喜欢大排，但当时看着后桌饭盒里冒着热气的大排，心里却是很馋的。

那满满都是经过勾芡的浓厚的酱汁，包裹着明媚的酱油色的大排，散发着诱人的肉香，把我的魂都勾了去。我几乎能想象到，将大排咬上一口，酱汁混合着纹理分明的肉丝，在我嘴中舞蹈的模样了。

我再次咽了咽口水。思绪很快抽离，随后我有些脱力地瘫在了课桌上。

再好吃又如何，左右打饭的不是我。

如是想着，我心中不知从何处冒起一股火来：后桌凭什么比我先打饭！我明明坐得那么端正，连小腿都紧绷着呢！咦？小腿？

我伸手摸了摸小腿，长时间的紧绷导致小腿处的肌肉已经有些酸痛，突然的放松更是让情况雪上加霜。

"嘶！"我不自觉地抽动了嘴角，疼得冷抽出声。随之而来的，是无尽的委屈。

我于是趴在桌子上，不愿再听值日班长在叫何人去打饭。

我的异样很快便被她发现了，她走到我的身边，轻轻推了推我，我并不愿动，她于是再度出声：

"你不起来的话，我扣你小红花了。"

我几乎是立刻就起了身，因为害怕，却不全是害怕，还有愤怒与委屈，我真的很想问她为什么不叫我去打饭。不知为何，我张了张嘴后却不知从何说起。

她似乎是在询问我刚才在做什么。

我却已经不太听得清了。

我脑海里浮现出电视剧里常见的情节：为表愤怒和委屈，主角扇了某人一巴掌。

这个行为，应该是表达愤怒与委屈的吧。

于是我伸出了手，"打"上了她的脸。不，与其说是"打"，不如说是用指尖抚摸过她的脸颊。

因为我尚能回忆起她脸颊那光滑的触感，以及她意识到经历了什么时满脸的震惊与不可置信。

　　我本想出言解释什么，泪水却顺着脸颊滑落至微张的口。

　　我最终没有解释什么。因为，她也哭了。

　　故事的结果是，我和她都被班主任叫到办公室，我被狠狠地训话了，听着班主任讲了同学之间应该如何相处的许多内容，也逐渐明白过来我的行为是多么愚蠢和幼稚。训诫的具体内容我记不清了，就只记得，老师的脸由冷变温，最后我还得到了一块豆腐干作为安抚。为表歉意，我最后拉着当日班长，在楼梯口把豆腐干分给她吃了，顺便我还吃到了她收到的巧克力。

　　其中各种细节不再赘述，值得一提的是，我与她在这次"小型分享会"中，惊奇地发现我们都喜欢看书，都喜欢写作，后来竟成了不错的朋友，倒也算不打不相识了。

　　另言之，自那次以后，我再也不曾"打"过同学。

　　三年级我还曾落过两次泪，一次是因为手受伤了，另一次，则是实打实地因为愧疚。

　　那时我刚升入三年级，遇上了"平生之敌"——字词默写。

　　我其实记忆力不差，三五百字的课文背诵不在话下。但是偏认字极慢，一二年级需认的字不多，我还勉强能应付，三四年级时，识字量骤然提升，每天都有十几个字需要背默，这就成了我的头等糟心大事。且当时的听写形式也是十分多样，最常见的是听写，老师发识字小卷让学生默写，还有每单元的词语对对碰，平均下来竟很少有一天是不听写的。

　　可就算是如此，我的识字水平依旧不行，常常忘了常见字的写法。

我的语文老师就曾恨铁不成钢地说我:"旁人是提笔忘字,你呀,是提笔忘曾识过字。"

虽然有些夸张,但在某些时候,我的确是极容易忘字的人,尤其是心情特别紧张的时候,比如,考试。记得那是一次科学科目的课堂小测,在考试期间监考的老师临时走开一会儿,而我恰巧遇到一个忘了怎么写的字,正当我抓耳挠腮地想着字的写法时,后桌处突然传来一张字条。

"你知道第 xx 题怎么做吗?"我打眼一瞧,嘿!赶巧了那道题我会,且答案记得很清楚,只不过不曾记得字的写法就是了。

于是我很快将答案记在了那张纸上,随后附上一句:你知道 x 这个字怎么写吗?后桌很快将结果传了过来。

我是第一次做这种事,紧张地将内容抄到试卷上,然后有些无措地试图将字条"毁尸灭迹"。我本想把字条塞进桌子与窗户之间的缝隙,但不幸的是,可能是因为紧张得手抖,我塞得有些偏,字条从藏身处"纵身一跃",跳到了前桌的后背上。

前桌缓缓伸手,摸到了字条,我见她将字条拿到了身前,展开,然后再无什么动作。我忐忑地等待着、煎熬着,直到考试结束。下课铃响,老师回来,交卷。我颤抖着手,将卷子递给前一位同学,她转头,右眼对我眨了眨,乖巧的脸上挂着笑意,很是俏皮的模样。

收卷,老师离开。

前桌拿着字条,转过身。我有些绝望地闭眼,屏息,等待"最后的审判"。"我是不会告诉老师的,"她开门见山,笑得灿烂,"只不过……我想要你的牛奶,每周两瓶。"她指了指我餐包里的牛奶,笑成了一朵花。

牛奶是母亲放进去的,她怕我营养不够,给我补身体的,但我并不喜欢牛奶,故而喝得很少,多半是原装拿来原装带回。母亲每次看到我餐包里被带回的牛奶都会露出失望的神情,但第二天一早还是会接着放。说实话这挺令人费解,我也曾尝试向母亲提议不要再带牛奶,但每次都被否决。

而现在,有人帮我喝牛奶,说实在的,我开心异常,便爽快地应下了她的提议。当天下午我就拿着空的牛奶瓶回了家。到家后,母亲照例检查了我的餐包,看到里面空牛奶瓶时,明显开心了一瞬,背着身问我:"哟,今儿转性啦?"语气是少有的轻快。

我抿了抿唇,不忍把真相告诉她,只是敷衍着:

"今天下午口渴了,但是突然不想喝水,就喝牛奶了。"

母亲动作不停,语气淡了一些:

"那也好,至少你愿意喝牛奶了。"

我没再说什么,转身进了书房。

第二天中午午餐时间,我按规定把牛奶递给前桌,前桌语笑嫣然地接过,在转回去前,说了句:"互帮互助,彼此共赢。"我这才觉过味来,她大约是听到我对我母亲叫我喝牛奶这事的不快乐。我没再说什么,拿着空的牛奶瓶再次回了家,母亲很开心,她哼着歌清洗着餐具,将餐具放入橱柜时,她甚至回头问我:

"这款牛奶比较便宜，会不会吃不惯？"

我有些尴尬地搪塞着：

"挺好的，吃得惯的。"

第三天中午，鬼使神差地，我拿着一瓶牛奶，闻了一下。鼻腔内蹿入一股我不太喜欢的气味，闭眼，我有些无奈地再次盖上了牛奶瓶。回去后，母亲看着还是满着的牛奶瓶，不语。我想说些什么来解释一下："妈，那个，昨天前天我也就是突然有点好奇了，偶尔想喝，不是每天都喝的。"

显然这套说辞并没有让母亲满意，但是遗憾的是，我并没有别的说辞了。

转眼到了下周一，我再次打开餐包的时候，发现其中的牛奶品种换了，由盒装奶变成了袋装奶，还附送了一根吸管。我再次尝试着打开袋子，闻了一下牛奶的气味，依旧是那么不招人喜欢，但这次，这股味道之中好像还融入了一丝香甜。于是我鼓起勇气，尝了一口牛奶。仍然不是我喜欢的味道，但是这次，它似乎变得可以忍受了一些。

我于是捏着鼻子，喝下了一整袋牛奶。

我喝牛奶的时候，前桌恰好经过，看着我的模样，有些奇怪道："你不是不爱喝牛奶吗，这又是怎么回事啊？"我并没有回答她，只是默默地收起了吸管。此后的日子，在母亲眼里，我每周喝两次牛奶，偶尔三次，营养充沛。在我眼里，因为我的欺骗，母亲看起来开心不少。

我不敢说明真相，只好默默地把母亲准备的吸管收集在柜子里。当我发现我的吸管已经挤满一抽屉的时候，已经快期末了。我猛然发现，我已经遗漏了一抽屉母亲的心意。那种感觉是很奇妙的，就仿佛盛夏里的一抹薄荷，透心凉，直达脑干，深抵骨髓。

我主动向前桌提出结束，并说明我会主动向老师说明情况。

我告诉老师我所做的事情的时候，科学老师深深地看了我一眼。我眼眶湿润，却努力不落下泪来。"那场考试并不重要，但做人，很重要。回去吧。"老师的话音落下，我的泪再也止不住。

我为什么落泪呢？当时我并不完全明白，可能是我的隐瞒，可能是母亲的牛奶，可能是那一柜子的吸管，可能是那被揉碎的纸条。总之，我落泪了。

三年级也在泪水中结束了。

暑假在蝉鸣中结束，新的学年开始。

四年级的第一次午餐，我拿着牛奶，向同样拿着牛奶的前桌喊了声："干杯。"

困难与瓶颈

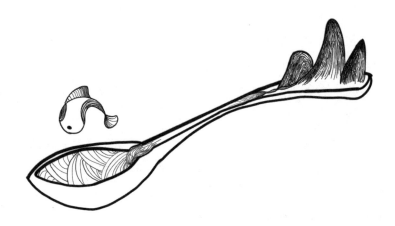

　　在那片记忆的海洋中，关于三至五年级的学习生活的主色调，困难与挫折组成了生活中最为常见的波光。每当我回头去看，便能从那些闪烁着泪光的故事中，重新找寻到继续前进的勇气与力量。

　　在小学步入中段后，再使用我们原本写字常用的铅笔就显得有些幼稚了。四年级开始后不久，班主任便向我们宣布了消息：好好练字，字写得端正好看的，便有资格先一步换用水笔写作业；写得不好看的，便只能在两个月后全班一起换水笔时，才能用水笔写作业。

说起来，两个月长也不长，且提前用水笔写作业也未必是什么好事。可对于四年级的我而言，两个月便是一场假期所能有的最长时限，也是"漫长"的代名词，是一眼望不到尽头的路，是缥缈而无来处的烟。总之，一想到要两个月后才能用上水笔，我的泪便已经在眼眶中打转了。

所幸我并非完全没有出路，那句"字写得好便可更早使用水笔"在我眼中已然镀上了一层金色的光。许是人总是追求与众不同的吧，更不用说先用水笔可作为"比他人更优秀"的证明。

于是，消息发布当天，一向将字写得有些潦草的我破天荒地开始认认真真写字。自然，这种临时抱佛脚的行为必然难以得到立竿见影的成效，只是让检查我作业的父亲脸上难得露出几分欢愉罢了。

话分两头，这消息发布后的一周内，班内那些字向来写得不错的同学，已有好几个得到了用水笔写作业的许可，早早地用上了或是老师作为奖品赠送的，或是自己花钱购买的各种水笔。每每上课，他们便从笔盒中抽出一支来，端端正正地握着笔，慎之又慎地写下一行行笔记。我瞧着，心里想：笔记用铅笔记还有机会擦去错误，可若是用水笔，不就完全无法修改了吗？我将我的疑问告诉一个用水笔记笔记的同学后，她闻言神秘一笑，从铅笔盒中变戏法似的摸出了一个圆形的小家伙，并得意地向我介绍："这是修正带！写错的地方用它一画就不见了！"我于是好奇地围观了那同学用修正带改错字的全过程，心中羡慕更甚，只恨不能马上就得到用水笔的许可，无奈只能落寞地看着同学在下一节课再次拿出她的水笔与修正带，端端正正地记着专属于她的笔记。

经过这么一遭，我心中对于使用水笔的欲望已然更甚。什么用水笔写字不好更改啊，水笔不能画图啊，水笔被摔坏不是笔刀能修好的啊……全然不在我的忧虑之中了。我满心担忧的，只有我不能在最后期限前拿到水笔使用许可和拿到许可后，我要怎样在课上用水笔记笔记云云。

总之，这么着迷着、幻想着、忧虑着、期盼着，日子便一天天过去，班上被准许使用水笔的人与日俱增，那上课前从笔盒中取出水笔的美妙举动，几乎成了每一个使用水笔的孩子的必备技能。他们在做这个动作时，脸上总是带着微笑，眼中也闪着奇异的光，仿佛取出的不是一支普通的水笔，而是闪烁着迷人光晕的金子。

而对于旁观的，只能使用铅笔的我来说，这"金笔"便更有几分甜美的模样了。我时常注视着那些手握水笔的同学，瞧着他们慢条斯理摘下笔帽或是摁出笔尖的瞬间，手指肌肤与塑料质感的笔帽相接的那一刻，笔帽脱落，发出清脆的咔吧声。那声音是别有一种韵味的，那是我在铅笔上试验了无数次也无法发出的美妙的音律。"用水笔写作业，哪怕只是在洁净的作业本上留下一个属于水笔的墨点"，这念头整日在我脑中盘旋。我大约是生了执念，我想。

偏生这执念还无法轻易化解——那些围绕在我身边的同学，手上拿着水笔的不在少数，要一口气忽视他们并不算一件易事，所幸我的执念不刻意就被化解了——在宣布了第一批可使用水笔的同学两周后，班主任又一次宣布了新增可使用水笔的同学名单，我终于在其中听见了自己的名字。

那一刻的感觉是有些复杂的，先是震惊，而后是不可思议地瞪起双眼，随之而来的是一种强烈的不真实感，伴随着一阵强过一阵的自我怀疑。我尽力定住心神，用力掐了一下自己的手臂。剧烈的疼痛与强烈的真实感终于在这一刻涌现，眼角有少许湿润，想来是方才掐得有些重了。我一边抬手擦去眼角的泪水，一边想着。

等待的漫长与痛苦，最终必然迎来成功的温暖与光明，而当光明洒下的那刻，一切等待都有了意义。

是的，对那段时日我的状态的形容，比起"努力"，我更愿意用"等待"，更确切地说，就是我的写字技巧并不曾通过那段时日精进几分，只不过是相较平日多花了些时间，用来将字写得工整些许而已。

因此，当我真正开始用水笔写字时，毫不意外地之前写字基础不好所引发的问题很快一一涌现出来了。

最先出现的便是握笔问题。用惯了三角或六角形的铅笔，我在握笔时早已形成了依靠铅笔上的棱柱调整握笔姿势的习惯。甫一用上通体圆而滑的水笔，握笔的手顿时失去了支点，无力地滑向了下一个支点——握笔的手的另一端指腹处。这么来，手指倒是立住了，笔也不曾滑落，可这动作苦了我两只手指的第一节指关节，长时间的互相借力让它们苦不堪言，时常隐隐作痛，似乎这是为了提醒我，我的握笔姿势对它们有很大损害，可它们最终还是没能提醒成功。当我意识到我握笔姿势有问题时，已经是我用上水笔的第三年了，所以至今我还时常因不规范的握笔姿势而将右手两处指关节磨得发红。

　　当然，问题不只出现在握笔上，由铅笔换水笔，其中最磨人的便是用惯了铅笔后，乍一用无法被橡皮擦去字迹的水笔，心中难以言喻的惊慌失措与极强的不适应感。数不清到底有多少次，我在用水笔写错了字后，顺手便拿起橡皮想擦，直到橡皮接触到纸面的一瞬，才惊觉水笔写下的字迹是无法被橡皮擦去的。

　　我不知道这是否可以被称为一个预言，但如今回首那段往事，每当想起那因为无法用橡皮擦除更改而遍布划去字迹的墨迹的书页，我心中总会想起一道稚嫩的童声，那带着几分茫然的声音告诉我，她觉得，在她用水笔写下第一个字开始，她的生活便也同这墨迹一般，只可在未来被强硬划去，无法被外力轻巧擦除了。

　　那童声温和地向我诉说，于我的精神深处，拨动我那隐秘而微妙的感知，而后她挥手向我告别。声音竟能挥手吗？我一时觉得有些困惑，却并没有机会去深究了。我于精神深处所听见的最后一个声音，是她对我说，她并不知晓这些无法改变的事实对于未来是好是坏，她说，她希望我能明白。

　　而当我再次睁开眼时，面前又是那张熟悉的书桌与熟悉的划满痕迹的书页了。我像是感应到了什么，在笔盒中翻着，半晌，寻出了一支可擦笔。

可擦笔，一种外观近似水笔，墨水却可被一些方法"擦去"的特殊水笔。这种笔因其特殊的功能而备受水笔初用者们的喜爱，在当时学校的三年级学生中几乎人手一支，被用来作为铅笔与水笔的过渡产品。这笔外观及出墨方式都与直液式走珠笔无甚区别，甚至墨水的颜色与质感也同普通水笔一模一样。只是笔杆尾端有一小块半透明的胶状固体，在写了字的纸张摩擦便可消除纸张上方可擦笔墨痕。从这一点上看，这笔又颇有几分铅笔的特性。

许是因着这层保留在"水笔"上的"铅笔特性"，我自从被允许使用水笔后，也跟风买了几支可擦笔，但很少使用它们。更多时候，我宁可使用真正的水笔将书本画得乱七八糟，也不愿用可擦笔代水笔记笔记。

该怎么形容那种心态呢？大约是一些不知所谓的虚荣心，或是种无法言表的"自傲"吧，是一种"我比其他人更有能力"的无力自证，是对于自己可以使用真正的水笔的自满自得，是对于使用长久的等待换来的权力的近乎疯狂的使用。这种疯狂很难称得上是"健康"的，所幸，它很快被叫停了。

在多位老师或委婉或直接对我的作业做出"过于混乱"的评价后，我终于意识到我应当做出改变。在果断放弃使用只可能使我的作业更混乱的修正带后，可擦笔终于又一次成为我铅笔盒里的座上宾。

一天天，在笔在纸张上摩擦的轻微声响中，读四年级的那个炎热的夏天，悄悄地、快速地从我的身边滑过。当我终于可以不用可擦笔而用真正的水笔时，那些已经流逝的无法回去的日子告诉我，时间已然到了深秋。

至于那个幼稚的问题，我至今仍没有答案。

说来，也不知未来看到此处的你，是否有了一个答案。

机 遇 与 新 朋 友

　　我曾无数次感慨机遇和那名为"命运"的丝线之奇异，它将我与未来之我悄然连接在一起，却又放任我不停地猜测我的未来。正如我第一次以一个六年级学生的身份踏入这座我已经读了五年的学校的初中部时，忐忑不安的内心中从来也没有想过，我会在这里，变成一个与预想中完全不同的自己。

　　未来之所以被称为未来并令人神往，我想，许就是因为我们永远无法在现在预测未来，却又必将抵达我们的未来。

　　当我的双脚真切地站在六年级三班的教室中的那一刻，我内心充溢着的并非预期的进入新年级的欣喜，而是一种奇异而难以言说的割裂感——教室中再也没有熟悉的朋友、老师。那些所有我在前五年所留下的，证明我存在的细小痕迹，好像尽数随着那个班级的"解体"，无声地"消亡"了。

　　在这个新的班级中，原本与我同班的同学只有三位男生。许是因为小学高年级同学已经有了比较明晰的性别意识，我与他们三位算不上熟悉，换言之，我在现在的班集体中没有任何一个朋友，或者说没有可以直接畅谈的伙伴。

　　这无疑是一个糟糕的消息。

然而，在新集体中感到孤独的并不只有我一个人。因为分班的随机性，我周遭也有许多同学与和自己曾经玩得很好的朋友分离了，他们坐在全新的教室之中，看着周围熟悉又陌生的同学，心中的担忧其实并不会比我少几分。不过，我了解这些事，也是在我与他们都熟悉起来之后了。

六年级开学第一天，教室里事先并没有排好座位，我到教室的时候时间已经不早了，同学们大都找好了位置坐下，仅存的几个空位周围也都没有我熟悉的同学。我本也不算什么热络善谈的性格，站在教室门口踌躇了好一会儿才终于鼓起勇气，决定走到一个空位落座。那个座位四周都是女生，左边临近处是一位有些肉嘟嘟的姑娘，看上去极为真诚友好，唇边绽着一抹温和的笑容，那笑容莫名给了我几分勇气，让我产生了一种"她可以相信"的感觉。我的双手在书包带上逐渐收紧，感受着手心的汗，我听到心中有一个自己在为我鼓劲："迈出第一步吧，去一个全新的地方"。

从教室门口到座位的这段距离是绝对称不上长的。这是我在这个教室待了一年，无数次卡着上课铃响飞奔到座位后得出的结论。但是，这段我在着急时两秒就能走完的路，在我这一次走时，花了近三十秒才缓慢地走完。事实上，在我心中，这一段路的距离似乎已经超脱了"空间"，而漫长到仿佛逆时间而行。我一步一步地向前挪着，身旁同学们的身影渐渐模糊了，他们一点点幻化成了我曾经最熟悉的模样，展示着最快乐的笑颜向我问好，然后，在我几乎就想要回应他们的问好时，他们抢在我之前向我说出了一声"再见"。我看见他们向我挥手，对我高喊着"未来可期"，也有人轻轻拍了拍我的肩膀，认真地向我叮嘱"都还在一个学校呢，记得要多聊聊天啊"。我的步子挪得很慢，但我离开他们的速度却很快，在他们的身影即将模糊之前，我在人群中看见了小一号的自己。她站在那群人的最中间，有些费力地爬上了一张看起来与我小学的课桌一样的桌子，用力地向我挥手。她的脸上洋溢着热情而坚定的笑容，眼睛清澈而明亮。她没有说话，只是这么笑着，好似在目送着我远去。我知道我应该是想看见些什么，但是当我再想回头寻找她的时候，我的双脚已经走到了座位旁边。

双手从书包带子上松开，我知道我现在应当在座位上坐下了。在轻声向左侧的同学确认座位无主后，我便放下书包，在这片空间中坐了下来。当自己的肩膀终于与周围人齐平时，我听到自己暗暗松了一口气。

仿佛一艘船，独立地行驶于一片听说从未有人成功穿越的海域，即使面前是一片风平浪静，即使周围满是海鸟悠闲的叫声，即使此刻周遭的环境看起来是如何的正常且循规蹈矩，你的内心总有一个声音在不断地提醒着你：这并非这趟旅途的终点，不要被沿途的景色迷了眼，你的使命是继续向前。就这么被催促着不停航行，你在船上经历了无数的劫难与苦楚，可是你从未真正地体验过死亡。日子一天天过去，你的船队依然存在，你也依然存在，心中的那道声音从未消失过，在每一个你意识即将松懈的时刻，提醒着你"仍有使命未完成"。直到某天，你成功地走过了最后一段旅途，航线的空白被填满，你带着这艘船成功回到了已然被完整探索的海域，真正重回航线的那一刻，你便应该能听到心底的那个声音轻轻松了一口气。如果听得更仔细些，你或许还能听到一声几乎淡化成风的"保重"。

之后的事便没有什么好说的了，我进入教室后不久班主任就进入了教室，在他的带动下，同学们很快便熟络起来，而我，也与我左侧的女同学交谈了起来。

女同学性格极其温柔，对于我第一天见面就想要捏一下她的脸颊这样的出格举动也表示了充分的包容与理解，她并不生气我的冒犯，甚至还与我讨论了许多来自各班级的各色趣闻。说来惭愧，我对老师组织的自我介绍没有太多兴趣，便轻声与同桌聊了起来。可能是我实在没有什么悄声谈天的天赋罢，与她聊了不久，因为过于兴奋，我的音量就不自觉地提高了。

所以，当老师略带着些愠怒叫我们起立时，我甚至完全想不出理由为自己辩解。也因为这重原因，我想我在新班级的第一印象应该也不会太好，所以在接下来的很长一段时间内，我都只敢将交友圈局限于我身边的几位同学之中。我没有胆量踏出舒适区，独自面对那些令人胆寒的，可能存在的流言蜚语。

好在这种情况，在我们班需要找一批人来制作黑板报之后，得到了很大的改善。

黑板报由班里一位极擅长绘画的女同学组织，她在接受了这个任务之后便迅速召集了一群各有特长的同学参与黑板报的制作，而在她刚接下任务时，我就自告奋勇地告诉她我有绘画基础，于是自然而然地成为黑板报组的光荣组员。平心而言，我一开始申请参与黑板报绘画，只是单纯地因为学校空余时间实在是很多，想找些事情打发下时间罢了，但随着黑板报逐渐成形，我们一笔一画描绘的物体在教室后方的那一片小小天地拥有了自己独特的天地，我内心是惊喜的，而"我和同学们一起做成了一件事"的满足感，则令我每次将视线瞟到教室后方，都会不自觉地收腹挺胸抬下巴。

这种强烈的责任感和满足感，随着时间的流逝越积越多，最后，在黑板报评比检查前的那个下午达到了顶峰。检查时间将至，而我们的黑板报依然有一些细节没有完善到位，将一个不完美的黑板报作为我们花费了这么多时间产出的结果，我们显然都是不满意的。所以，在那天下午，我们黑板报组的几位同学，在大家离开学校后对黑板报进行深度加工。将不和谐的地方全部擦掉重写；在空白的地方竭尽全力画上各种与主题相关的可爱点缀物；我们精心设计了颜色分布，用手指一点一点精细地描摹着图案上色，确保作品绝不会出现深一块浅一块的不均匀模样……最后，当黑板报小组中的最后一个人也在黑板上签上自己的名字时，那放学时还悬在空中的太阳，已完全没入了地平线，只留下点点余晖照映着我们归家的路。

当然，也映照出了，在那火红的天色下，穿着被晚霞染红的白色校服的少女们，她们互相嬉戏着道别，分别走上了各自回家的路。

离开教室时，我再一次回头望向讲台，这一次，讲台上那张与我几乎一样的面庞上露出了一个极为灿烂的笑容。我愣在了原地，双目眨也不眨地望着那少女带着我无比熟悉的一群昔日好友，迎头奔向夕阳的余晖，然后，在那暖黄的光影中，逐渐幻化为点点金黄的碎片，伴随着一阵愈来愈远的欢笑声，飞向了未来的方向。

那次黑板报的最终评选结果我不大记得了，只记得之后我们小组又完成了许多次黑板报。我们的时间依然不是很宽裕，随着年级的升高我们甚至很难再找一个时间聚在一起画黑板报，白日里不是上课就是做题，再也不能像第一次那样，放学后一群人围着一块黑板打转了。不过，我们仍然会有因为黑板报而生的聚会，只不过时间被转移到周六，在有黑板报任务的周六下午，我们的教室里依旧会响起少女们嬉笑打闹的声音，那声音总是在太阳爬至天空最高点时响起，在太阳踱至地平线处时悄然消失。

恍然回首，依稀只有教室里那常看常新的精美黑板报，沾满各种颜色粉笔灰的毛巾，掉落了一地的彩色粉笔头子，垃圾桶里已然被喝空的果茶杯子，记录着这里刚刚发生过的一切。

夕阳西斜，少女们的影子在光影中被拉得好长好长，一阵微风荡起笑声，传了好远好远。

停 滞 与 启 动

　　也许每个人都曾在幼年时幻想过自己有一天被记入历史，令后人敬仰，被众人知晓，而后，那些做梦的孩子逐渐长大，开始像大人一样生活。然后，不出意外地，他们很快明白了被历史记住是一件多么困难且艰苦的事。于是他们便都"很听劝"地放弃了自己儿时定下的远大志向。当然其中也有少数"不听劝"的孩子依旧坚持走自己的路，他们有的成功了，有的失败了。但不论那些成功和失败如何改变他们的人生，不论他们对于所谓"命运的安排"相信或不相信，他们也不得不承认一个事实——历史就在那儿，历史的车轮会在每一天照常扫过这个世界，然后丢弃大部分重复且寻常的，留下少许惊艳而特别的。至于哪些留下，哪些放过，便是人的主观难以控制的了。

　　就如同临近庚子鼠年时，天南海北正在为即将到来的新春紧锣密鼓准备着的人们，并不会想到，在接下来的三年中，"抗疫"会成为一种生活习惯。

　　疫情是什么？我曾认真地思考过这个问题，它是新型冠状病毒所引发的疫情，它是突然的封锁，它是一夜之间变作的空城，它是口罩，是物资，是外地回家隔离 14 天，是测试间隔时间不断变化的核酸检测，它是新兴名词"楼长"，是收获大量"好评"的钉钉，是居家，是一米间隔线……归根到底，疫情对我而言到底意味着什么呢？

答案似乎一直都很清晰，是只能在线上见到老师和同学，是每晚都要在群里打卡作业。

网课，一种基于特殊时期广大学生的上课需求而产生的特殊上课形式，是上课主体和客体通过线上的方式在一间"线上教室"相遇，所谓足不出户，识增千里。

自然，在真正上网课之前，我对于网上授课这种方式也是极为不信任的。且不说线上授课使师生互动减少，单就线上授课本身，就足以令学生不安了。

诚然，在一个科技发达的现代城市中，担忧网速是不必的，但微信通话都有卡顿的时候，更何况是 30 余人挤在一个"线上教室"的网课现场。而在上课过程中，若是出现了卡顿，则必然会造成信息的缺失与课堂效率的降低。所以在当时的我和许多第一次接触网课的同学的心中，对于网课这种形式绝对是担忧大过欣喜的。

当然，令人欣喜的部分也是有的。其中最突出的便是网课课表中贴心地去除了早自习与放学前的最后一节自习课。

若从一个已经度过九年级的"过来人"的视角来看，放学前的最后一节自习课是九年级繁忙生活中为数不多的可以喘息并减轻繁重作业压力的宝贵校内时间，而早自习则是记背文科内容最佳的试炼场。简而言之，这两者都在九年级的生活中发挥了不可或缺的作用。但对于刚刚步入初中生活的我来说，这两节用来自我检查的课令人感到无聊。

因为不用参加小升初考试，六年级的记背内容少到"令人发指"，且或许是因为初入初中部老师希望我们能更好地适应学习生活，我们平时的作业也不多，至多一门课一页作业纸，语文再加篇随笔而已。这些作业就算不在课间奋笔疾书，每天中午课间加上午自修后半个小时，也足够将作业写个七七八八了。所以到了放学前的自习课上，大部分同学都只是一脸茫然地大眼对小眼，然后呆滞地等待下课铃响，再迅速收好书包，以最快的速度离开学校，投向温暖的家的怀抱。

早自习的情况也好不了多少，只是同学脸上的呆滞不是因为事情做完而茫然，而是因为早起困倦。

总之，这两门课的取消，的确是一件令人高兴的事。

不过，我的喜悦情绪不只为了这一件事，更多的那些难以说出口的喜悦是为了另一件事——直到正式网课通知发布的前一天，也就是距离正式开学还有一周左右的时候，我的寒假作业仍有一大半尚未完成。

这对于一个即将开学的学生而言，无疑是令人惊恐的。但在疫情暴发的大背景下，延迟开学、线上授课这些字眼无不透露着这是一个令人庆幸的消息，我不必在原定的开学时间上交我的作业。

突然增加的作业时间，令我紧绷的心弦放松下来，也使我有空思考起了另一个问题，这网课会上到几时？

当然，那时我肯定无法想象到，一场疫情给我"送来"

了长达两个半月的漫长网课。在这冗长的时光中，每日的生活单调得只剩日出日落和老师每天不断变化的上课内容。而我唯一能想到的是，这场独特的"线上交流"短时间内不会结束，所以我可以放缓赶作业的脚步，更好地享受所剩无几的假期生活中的每一天了。一想到在接下来很长一段时间里，我的周遭环境都可以不用改变，我不禁乐得笑出了声。

但很快便再也笑不出来了。网课开始后，我才逐渐明白，能够在宽敞的教室而非拥挤的书房里上课，是一件多么幸运的事。

书房布局紧凑，唯一通透的地方便是一扇正对着书桌的大窗户，可这窗户不曾带来什么生活情趣，反倒添了一种新的痛苦——每天上午，阳光透过窗户直射入书房，在书桌上落下大大小小无数耀眼光斑，直叫人睁不开眼。书房说起来是有百叶窗的，可惜遮光效果不好，若全拉严实，屋内便无半点光线，暗到需要开顶灯。若不拉严实呢，遮光效果只能是聊胜于无。总而言之，很是令人烦恼。这种情况放在平时也算不上什么大事，但每日在这窄小封闭的空间待着，心思许是也自然而然地窄了，到最后我竟也常瞧着那窗子不顺眼了。

不止一次地，我坐在那正对着窗户的书桌前，一面用手遮住百叶窗缝隙间透过来的几缕刺眼的阳光，一面认真思考着将那窗子拆了整个换成一堵墙的可能性有几成。自然，窗子是拆不得的，这么小的空间若是再失去这唯一与外界相接的窗口，里头的人所能感受到的压抑与不安，只会比窗户还在时更多。最后，我到底也只能硬着头皮受着阳光先生每日持之以恒地向我送来的过量的光明与温暖。

　　周遭环境闭塞，上课时心情也被连带着差了好些。但这其实也不算什么大事，毕竟这世上应该没有什么比"网课"这种特殊的授课形式自身更容易出乱子了。

　　第一次上网课那天，第一节课是英语。我们的英语老师是一位有些年长的女性，教了许多年书，是一位很有经验的性格温和的老师。我们与她是在七年级上才第一次见面的。从见面到上网课的那半个学期中，我们鲜少见到这位老师面上露出任何与茫然或无措相关的神情，她总是极淡定的，仿佛一切事情都永远在掌握之中。到我们开始上网课之前，我都一直觉得她是绝不可能被什么事难倒，连话都说不利落的，直到我们上了网课。

　　最开始，事件的发展倒也没什么叫人吃惊的，不过就是网络卡顿导致一个班只有一半的同学能成功听课，以及老师对于设备使用不熟悉以至于PPT放映了半天最后只停留在封面等。本来，这些倒也不至于让课程上不下去，没有办法进入网站的同学在上课后的五分钟之内就几乎都想好了解决方法，PPT也在老师一通操作下成功继续流畅运行，一切似乎都已经进入了正轨。但是，许是还不大熟悉软件，英语老师上课全程没有打开学生的麦克风权限，而老师平日里上课就非常喜欢与学生互动，这种性格也被带入了网课的状态，于是，一整节四十分钟的课程，所有互动全部变成老师的独角戏，她的问话从一开始的"谁来回答一下"变成了"请某某同学来回答一下"，却依然收不到同学的回复。她对于网课的兴致似乎本来就不是特别高的，这么一来，待这节网课结束，老师终于可以宣布"下课"的时候，我总觉得，她好像松了口气。

说来也是比较戏剧化，英语老师本身是极为敬业的，加上其年龄也的确不小，对于电子产品和软件的使用确实也说不上热衷，在我的记忆中，也鲜少见到她使用手机，更别提在授课时放下课堂进度去看评论区的消息了。所以，在她教授第一堂网课的时候，尽管同学们在实时授课直播软件的评论区和她的聊天软件个人账号上全都发过消息，取得的效果却非常有限，直到第二次授课，老师才终于弄清楚了麦克风权限的开关和软件评论区的位置所在。

这事件几乎成为我们网课授课情况的一个典型缩影。慌乱的老师、分散的课堂、沉默的同学，这些元素在电脑屏幕的两端被一个小小的软件相连，在不同的人的眼中，被一次次勾勒成了不同的模样。

有人视它为放松的掩蔽，有人视它为磨炼的境遇。

在这人人只靠网线联络的孤岛世界，在自己为自己封筑的环境高墙内，双眸会随着电脑中的画面变化而染上不同颜色，唇角上扬的弧度也只有自己会借着屏幕反射欣赏。这里无疑是孤立的，但当那根网线彼端传来微小的欢笑声时，大脑却依然会不自觉地脑补出自己与他们待在那一间不算阔气的教室中谈笑的模样。手指成为沟通最好的方式，屏幕变成交流的最佳桥梁。友情脱离了亲密的拥抱、约定的逛操场、傍晚回家的霞光，化作最纯粹的简洁聊天框。假期仿佛被无限延长，回首却发现学期过半，知识点仍在书本上飘飘摇摇。

　　我其实不大记得网课后期我是如何恐惧返回学校上课的日子的到来的，只记得那段时间全国陆续复课，我每天醒来时都会去查看一遍最近复课的地区，再去班级群年级群刷新几遍，确认没有我的学校的复课通知后，就快速退出这些软件，将手机倒扣在床头柜上，然后起床洗漱开启新的一天。还有就是，正式收到我们学校的复课通知的那天，我将手机正面朝上端正地摆放在了床头柜上，长长地呼出了一口气。

　　后来的日子里，线下上课依旧是生活的主色调，体验过网课，再经历线下课时心中便多了几分珍惜，有时也会半开玩笑地吐槽："科幻片实在是不讲逻辑，足不出户的上课生活到底哪里值得叫人羡慕，分明是与老师同学挤在一个教室中更有学习的感觉嘛。"

　　再后来呢，九年级时我们又经历了一次网课，那时已然有了即将中考的紧迫感，心中全然没有可以趁机休息的快感，反倒是充溢着缺失学习机会的不安。收拾东西时眼里甚至含了点泪，一边擦一边使劲把各种教材教辅往书包里塞，生怕又来一次和上次一样久的网课。

　　好在那次网课仅仅持续了两三天，我们很快就再次回校，只是可怜了我，上次辛辛苦苦花了两趟才搬回家的资料，这回又得花两趟再搬回去。欲哭无泪地搬完资料后，其中的一些资料在此后的很长一段时间内再也没有离开过我在教室后方的小柜子。

　　而它们下一次离开，便到了中考前收拾考场的时候了。

恢复与启程

　　从我有记忆以来，母亲总是习惯对我说一句话："要好好学习，考上一个好的高中，这样就能考上一个好的大学，毕业后找到一个好的工作，这样就可以过上好的生活。"

　　这句话出现的次数实在太过频繁，以至于在我了解"重高"这个概念之初，就下意识地将它作为我"过上好的人生"计划的第一步了。甚至，在初二下学期听了一个国际高中的宣讲会后的一长段时间内，我都没有认真考虑过成为一个国际高中学生的可能性。

　　但是，当我初二下学期期末考试前的几次模考成绩全都不尽如人意的时候，我就不得不为自己寻找一条更适合的道路了。我本身就不算是一个非常沉稳安静的人，呆坐在一张书桌前抱着资料"死磕"对于我而言从来都只是为了获得好成绩的一时作为，而非能够维持整个高中三年的学习状态。因为这个，在认真地了解了国际高中体系后，我在高二的暑假，才终于认真地将"去国际高中念书"当作一条对于我而言可行的道路。

但是，就算理智已告诉我，我已经选出了一条对于我而言更加有利的道路，作为一个在体制内学校学习生活了八年的孩子，我内心早就已经对体制内高中产生了深厚的感情。进入重高是好学生的证明，优高里要努力学习争取进入好大学考取功名，中考成绩可以决定未来人生轨迹，填写志愿高高低低保底注意安全第一……耳边不停响起学校里老师和同学认真又郑重的叮嘱与讨论，我却总觉得游离在外。

我的选择真的是正确的吗？我的语言水平真的能够进入我想去的学校吗？我真的应该去走一条我之前从未想象过的道路吗？我真的……要与我周围的同学们都不一样吗？

我的内心几乎每天都在上演一场场耗时颇长的辩论赛，我将自己剥离，然后一遍遍地询问，探求，融合，重构。这个过程颇为痛苦，我的观点每天都在改变，几乎每天都要粉碎一遍前一天的自我，然后再从废墟中拾起我想要的部分，揉上我新的思考与决断，塑成一个全新的我。

在约莫一个月的反复破碎与重塑后，我终于极为艰难地做出了决定——我的确，应该尝试一下，去公立学校的国际部就读高中。

但问题并没有随着我做出选择而终结。事实上，在我尝试迈出第一步以后，问题是接踵而来的。

首先是语言关。我的英语水平其实非常一般，听说读写里面，仅有口语还不错，但也算不上非常好，其他几门就更是灾难，词汇量也低得惊人，仅仅比普通初二学生多了一点点而已，我的英语成绩在班里甚至都算不上出色。

然后是知识关。我在做出决定前从未接触过任何和"校考""国际高中"相关的内容，校考考什么，怎么考，怎么应考，以及国际高中上什么，怎么学，考什么……我完全不知道，只能靠着能收集到的资料，借着培训机构老师的帮助，一点点从头学起。

好在，只要肯花工夫，这些倒也不算什么难题。答题思路没有，多上几节备考课，老师自然会给你细致地讲清楚其中门道；答题技巧不熟练，拿着往年的校考真题多练几道，左右出题范围也就那么点；资源不够，问周围同学和机构老师就好了；词汇量不够那就更简单了，先背初中词汇，快速过完后将高中词汇认真熟读记背。大把大把时间砸进去，最后怎么样也能多一些分。

这些方法都不算难，但实操起来，却是极为磨人的——在学业本就繁忙的初三时段，兼顾课内学业的同时还要生拔英语水平，如果不把时间细化使用到极致，是根本没有办法完成的。

准备去考国际学校的很长很长一段时光，我不曾睡过一个时长达到八小时的觉。

结束学校的课程后，一路走回家时天已全黑。瞧一眼时钟，果不其然，又是近六点钟。盘算着离母亲回家还有一段时间，便紧赶着去房间里取出单词书，开始每日的一百个单词背诵。背诵通常不会在晚饭前完成，一百个单词对于一个初中生来说并不是一个轻松的任务。

约莫六点半，母亲如常进入家门，从包中拿出她在食堂打包的饭菜。她唤我一声，我便从书桌前起身，走到她身旁，接过饭菜，放入微波炉中加热。随后取出热好的菜品，这便是我的晚餐了。

晚餐是十分难得的闲暇时光，我可以在补充能量时暂时放下那些一直在我脑海盘旋的升学压力和学习问题，什么都不去想，只去感受食物在唇齿间迸发出的富有生活小情趣的交响乐。我有时会闭上眼，感受自己与那音乐于灵魂上相拥，我疲惫一天的心便似乎在那一瞬间被治愈了。

但这种时候终归是不多的，更多的时候，晚餐时间会被母亲见缝插针地用来让我了解有关留学或是国际高中的最新动态。我自然知晓她本意是好的，但唯一的休息时间被剥夺，我是无论如何也说不上开心的。所以，晚餐的时间就会被我故意缩短，不过这举动说实话用处不大，毕竟结束晚餐后，迎接我的便是大块的令人喘不上气的学习时光了。

最先要完成的仍是背单词，这项任务的验收十分直接。我所在的机构中有一个线上听词的测试，我只需在背完单词后直接完成线上听词即可。

　　磨人的事是，这单词听写一次是 100 个整，一个不落地全部听写，又要求中英对应，做一次没半个小时根本过不了。再加上背单词的时间与吃饭的时间，几乎每回我完成备考的单词背诵任务，时间就已逼近九点。

　　此后更为重要的任务是学校作业与中考复习刷题。

　　首先是作业。我们学校的作业量在同类学校中并不算多，甚至算是比较少的了。每门课的作业量基本控制在学生半小时能完成的范围内。对于大部分同学来说，这些作业最晚也能在九点半前完成。对于我，情况则完全不同了。若是从九点开始做学校作业，那我即便完全不刷题，睡觉时间也得是午夜了，这显然是不大合理的。

　　既然晚上的时间不够用，白天的时间便得好好利用起来。于是，我抓紧了几乎一切非上课的时间在学校写作业。课代表公布回家作业的时间通常是放学前，但我若是这时才开始写作业，时间必然还是不够的。所以每节课下课铃一响，老师前脚离开教室，我便会从座位上弹起，双腿轮子似的跑出教室，跟上老师的步伐，向他询问今天的作业。有时老师连着几日布置的作业都较为相似，被我摸出了规律，我甚至会在前一日便完成一部分明日的作业，为第二日减轻负担。

　　但就算我已将校内时间分割得细碎如米粒，又精心在每一小颗米粒上都雕出了花，我仍会留部分作业回家完成——多半是随笔、数学卷之类耗时较久的家伙，通常情况下这些东西又会占去我一个多小时。

　　如此，当我完成学校作业，抬头望向窗外景色，想放松双目时，窗外那每晚十点便会熄灯的大楼早已隐入夜色，整个城市在我眼中陷入一片昏暗。

夜，已然深了。

深夜，是心灵的归处。

白天，那些被炽热裹挟着的、隐藏于内心最深处的千万种难言的情感都被一一挖出，梳理，并再次分门别类塞回我的心房。那里从前总是挤得满满当当，充满了"焦躁"的泥团和"紧张"的霉菌，到了深夜，一切都安静下来时，在笔尖落于纸面的沙沙声中，被一点点拆解成了名为"勤学"的果实和"苦练"的面包。

学习是一场漫长的自我治愈。

这大约是每个深夜，我守在一方小小的书桌前，又一次抬眼见到对面办公楼的灯逐渐黑下去后，心中所冒出的第一个念头。

对面的办公楼似乎总是与我一同入眠。通常，当我在无尽的题海中觉得有些呼吸不畅，想停下笔休息一会儿，换一口气继续时，我便会望向窗口正对的办公楼，那里有时恰好会熄灭一盏灯，有时一层楼的灯也会在一瞬间熄灭，那时我便会开心地小声欢呼一下，这也算是枯燥生活中难得的小欢喜了。更多的时候，对面楼层亮灯的房间只有固定的那么几间。透过窗户，我有时候会在夜色中想象对面窗户中的人们。夜已深，恐怕连回家的班车也难寻了吧？他们要在这楼里度过一夜吗？还是说他们其实都有车子，会自己开车回去呢？他们看起来好忙啊，我以后也会变得和他们一样吗？

　　伴随着那些无边际的胡思乱想，我完成了身体和心灵的短暂放松，收回乱飞的思绪，我又一次一头扎入题海中。

　　夜仍在无声地流逝。

　　刷题的过程是痛苦的，在相似又全然不同的题目中，一遍又一遍锤炼自己已学过的知识无疑是煎熬的。最挫败的时刻，是一道题与正确答案差之毫厘，最兴奋的时刻，是自己并不确定的解题方法却与正确答案完全相同。数学的思维逻辑总叫我困惑，物理的公式推导常叫我头大，化学的实验描写更是叫我百思不得其解。我的弱点与失误在深夜的桌前被反复拷问，我的专长与优点在夜幕面前一文不值。

　　我痛苦着，哀号着，撕碎一个个自我，在深夜的月光中涅槃。

　　而后，我再次清醒，面前的纸张上满是墨水的泪痕，我终是满意地合起了书，收起了成长所造成的一地狼藉。

　　合上书本，这夜的舞曲便已进入终章。

　　推开卧室门，外面是漆黑一片的走廊。夜静静的，静的不只是屋外人间，还有门内家常。

　　小心地，为了不发出太大的声响吵到父母，我轻轻走至洗手台，眼皮懒懒地盖在眼窝上，仅留下一丝细小的缝隙让我瞧见自己昏昏沉沉的身影。大脑在合上书本那一刻便陷入了一种古怪的沉睡状态。它可以看到事物，听到周围声音，感知周围环境，却做不出任何反应了。我的思维变得极为迟钝，我的一切行为似乎都只是在依照本能行事。我宛如一个思维僵化的机器人，不善思考，不理世俗。

　　当我结束了机械的洗漱，机械地走回房间，再机械地望了一眼窗外那仅剩三四盏灯的大楼时，我便突然想起了这么一句没头没尾的话。

　　我应是累了吧。

　　被积压了一整天的疲惫、酸痛、头晕、手抽筋都在一瞬间涌上我的身体，头脑更加迟钝，再无法处理那么多的身体状况，只是用尽最后一丝精力去望了一眼床边闹钟上所显示的时间：十二点四十。

　　原来已经是第二天了啊。

　　感叹完这一句，大脑更无力，我的双眼也困得睁不开，我索性不再强求，合上眼睛，倒在了柔软温暖的床上。

　　"一觉醒来，明天又是会被刷新的一天吧。"撑着想完这一句，我迷迷糊糊进入了梦乡。

扬帆与冲刺

　　时间流走所留下的痕迹，似乎总是令人难以察觉。就如一眨眼，我便到了上九年级的那个盛夏。

　　意识到自己已升入九年级的第一个事件，发生在刚开学的开学典礼上。

　　说来好笑，我原本是不大相信幼年经历会在记忆中停留很久的。然，升入九年级，当老师宣布我们需要接一年级的学弟学妹们入校的时候，我的脑海中骤然出现了一年级入学时的种种情形——烈日，蝉鸣，喧闹的人声和湿透的后背。

　　这回，为了不至于给初入学的学弟学妹们留下关于开学典礼的"痛苦"记忆，我特意提前关注开学典礼日的天气。点开"查询天气"前，我心中便有一丝不安，为了安心，我甚至一直在心中默默祈祷：千万要下雨，实在不行阴天也可以。如此反复了三四次，我觉得平静许多了，于是鼓起勇气，查询天气。

　　事实证明，封建迷信真不可取。

　　开学典礼当日，晴，最高气温达到三十九摄氏度。而开学典礼开始时的气温，是三十二三摄氏度。

　　早晨九点半，顶着熟悉的烈日，我与班上同学一起在操场上排好队，准备去一二年级校部迎接新生。

　　前往校部的路上，同学们热烈地讨论着学弟学妹的模样。

　　"听说了吗，这届有个小学弟是隔壁班某个同学的弟弟！"

　　"啊？那他们差了得有八岁吧！"

　　"对啊对啊，听说他弟弟挺好看的。上次他妈妈来接他的时候他们班有人看见过，眼睛大的跟杏仁似的！他们班同学说他弟特别乖，上次他弟叫哥哥的时候，整个班的同学都被萌化了！"

　　"天哪！你这说的我也想有个弟弟了！"

　　"我就不太一样，我想养妹妹。哎，你们知道吗，这一届有个小妹妹画画超好看！得过奖的那种！"

　　"这么小就得奖了……我幼儿园毕业的时候还在学一加一，现在人家幼儿园没毕业都直接去拿奖了！"

　　"谁说不是呢。现在小朋友是一届比一届厉害了。"

　　"也不知道今天我会牵一个怎样的小朋友，好期待啊。"

　　"听说这一届新生多了不少，我们或许不会只牵一个新生了。"

　　"学校越办越好了呢！"

　　我便是这么一路听着周遭的欢笑讨论，稳步走到了校部门口。再次见到熟悉的操场，我突然回忆起了八年前，在这里等待学长学姐来接的那个上午。唇角不自觉地向上扬起：原来，学长学姐们，也是会期待来接学弟学妹的啊。

　　在校门口再次整理了衣服，排好队，我们终于依次进入了操场。按照老师的指示，我们站到了指定位置，牵起身旁两个小朋友的手。

新生们大约是按照班级顺序排的队，每班排成了两列，九年级学生们需得走进两列队列中间，如此，身子两侧便都有人了，一只手牵一个，自然方便且安全。可是，我因为实在不想让学弟学妹们被烈日折磨，事先在右手拿了一把扇子，如此再牵两个人，便很困难了。

因此，当随着大队伍离开操场的时候，一旁的同学都是一手牵一个学弟或学妹，颇为自在。只有我，一手牵着一个学妹，另一只手揽住学弟的肩膀，一边时刻注意他有没有走到危险的地方，一边万分小心，千万不要用扇子将他硌疼了。

这一路走下来，心底自然是万分后悔：若是不带这扇子，哪里还有这么多烦心事。然，这一切的懊恼，都在进入初中校部，全员站定后烟消云散。

夏日的操场从不会放过任何一个毫无防备的闯入者。骄阳轻描淡写地洒下一地火热，将原本带着清凉的绿色的地界变成了残酷的"烤肉架"，热从脚底传来，然后是大腿，一步步蔓延到指尖，蒸干了未落下的汗。头顶自然也不得清凉，高温烫得头皮生疼，背后的衣衫早已被浸湿。

好容易挨到全员站定，低头一瞧，身边的学弟学妹们果然也出了满头汗，他们弓起了身子，小心翼翼地向校园投去好奇的目光。若不是初入初中校部的他们如今心中还存着几分好奇，能撑着暂时忘却酷夏的炎热，恐怕此刻已经有孩子撑不住想哭了吧。如是想着，我快速地抖开了手中的扇子，给身边的一个学弟一个学妹扇了起来。

最初所想，不过是将他们头上的汗吹干一些，好叫他们不至于两头受热。实际操作起来才发现，我到底还是低估了酷暑烈日的力量。汗珠越扇越多，无休无止。而持扇的我，因为这单一而重复的体力劳动，更是汗流浃背。

不行，得换个方法。我思索片刻，蹲下身，朝着学弟学妹站着的位置扇风。夏日的地面相较于天空而言实在是可爱许多，不多时便清凉不少。学弟学妹也从之前有些疲惫的模样，转而变得活力满满，开始与前后的同学有一搭没一搭地聊起了天。见他们状态好了不少，我便站起了身，捶了捶有些酸痛的腿。

前排同学或许是感受到了我的动作，颇有些好奇地回头，见到我手中的扇子，眼睛一亮："你的扇子能不能借我用一下啊？"

我自然是借了。随后，几乎半个班的同学所牵的新生都从酷热中脱离出来。虽然人多扇子少，每个人所能够吹到的凉风十分有限，但看着初入初中部的学弟学妹们逐渐挺立的脊背，我仍然感受到了一种名为"快乐"的情绪充斥了我的心脏。这是一种使它跳动得更有力，更坚定的神奇魔药。

开学典礼具体框架与之前每一次都一样，唯一不同的是，我双手牵着两只稚嫩的小手，我身旁多了两双纯真的眼睛。他们使得这次枯燥的开学典礼变得十分精彩，却也让人感到有些疲惫。

牵着的手在进入会场后就已经放开，我们的站位仍然是在一年级各班学弟学妹中间。典礼开始后，身旁的孩子早已按捺不住沟通的欲望，几乎每位新生都在用自己极轻的声音向同学们讲述他的发现。这种几乎全员参与的沟通活动自然会带来吵闹，可现场的纪律却仍然是很好的，我有些好奇地环顾四周，发现许多九年级的同学已向周围示意典礼即将开始。更令我惊奇的是，那些学弟学妹见到示意，便真的立刻安静，直到典礼结束，现场不再有说话声。

这种情形实在是令人称奇。学习的殿堂中，先来者向后来者讲述着自己的经历，鼓舞着后来者奋勇勃发；此刻的厅堂里，年长者向年幼者介绍参礼的规矩，引领年幼者成长。那些正轻声劝阻着试图讲话的学弟学妹们的身影，就是最好的证明。

此刻，台上的主持人宣布开学典礼到此结束，但我知道，我们的活动并不是到此为止。

重新牵起身旁学弟学妹的手，我们再次排着队伍离开了初中校部。重走去时路，我的心境却有了些不同，或许是因为我身旁多了两位可爱稚嫩的求知者吧。看着一路熟悉的景色，我仿佛被时光凝在此刻。

周围的一切都与我曾经上学路上的相似，却又在细微处有着许多的不同。突然想到，这条路现在的样子，应当就是我身旁这些孩子所熟悉的吧。他们也会踩着朝阳的影子，追着夕阳的裙摆，在日复一日的求学路上不停地成长，直到最后，来到他们最初入学时曾被牵引着进入的地方。

就如，曾经的我们一样。

但我们又是不同的。我们曾经所踏过的路，未来定会给他们留下更深的印记。至于我们，正在用我们的回忆，向他们展示着校园最生动、最真实的形象。或许，这就是我们带着他们走这么一遭的意义所在吧。

在开学典礼结束后，中考的倒计时便已然在身边的各个角落浮现了。

正式升九年级的第一天，教室一侧的白板上就已出现了黑色笔写下的"距离中考XX天"倒计时。九年级上学期时，这行字总是黑色的，默默地守在教室一角。

课代表们有时会将作业写在白板上，字多了或是地方选得不恰当，就会与那行字碰上，于是那行字就会少几个。偶尔午后阳光射入五楼拐角处，那行字又被消防灭火器外的玻璃板反射到教室内的白板上，就在午后的困意里变得闪闪发光。不过，在午后这个光怪陆离的世界里，发光的字仍然难以同孩子们的梦相比。

除此以外，若是抛开老师在课堂上的讲演，中考在九年级上半学期所留下的印记，便只有那体育课的训练与每日晨间的长跑了。

长跑持续了整个九年级。当上午第一节课下课，走廊上响起眼保健操的铃声时，五、六两层楼便"活"了过来。

放下笔合上书，再系下鞋带，拿跳绳下楼，一切动作都要在三四分钟内完成，不然整个班都会因为一个人的迟到而被罚跑步加圈。到了操场，还需在老师一声声的催促中飞奔至班级位置，放跳绳，穿上一个班一个颜色的训练小马甲。

　　总有动作奇快的几个女同学早早到了操场，穿上浅蓝色的小马甲，站定于我们班的起点位置旁。有时微风吹拂过她们的面庞，姑娘放于脸旁的一缕长发在风中飘荡；有时，日光落于她们的头上，让姑娘们眯着眼感叹烈日之毒辣。

　　当然，跑步总是难逃的。伴随着老师的一声令下，停滞的操场上独属于九年级的色彩开始流动，天蓝、亮黄、叶绿、暗红、荧光绿……汇成了一条色彩的河。我自然也是其中一员，但在这条沿操场流动的"河"中，很奇怪的"人"的特质被缩小了，大家似乎都只消看着那长长的河在清晨的鸟鸣中，在老师的指挥下，缓缓流着，却又都切身地参与其中了。

　　"我非世界，世界却由我构成。"

　　跑步过程中的苦大约是值得分享一二的。我体质不算是好的，虽然个子不矮，但奈何体重不轻，跑起步来总归是不大容易，200米一圈的操场，我没跑完三圈就喘不上气，胸口隐隐作痛，喉咙有如针刺般难受，更有时，脚掌内侧一接触地面就疼，几乎难以忍受。

　　然而，大部队从不会为了一个人而停下，队伍仍以相同的速度向前流淌，而此刻被迫放慢脚步的我，便仿若时光长河前进时未跟上脚步的移民，徒劳地奋力跨步，却再也追赶不上那滚滚洪流。

　　虽然后面随着跑步次数的增加，我逐渐有了一些基本的跟上大部队的能力，但水平到底是不甚理想，所以体育这一项便一直是我心头大患，因为如果我的跑步水平始终无法提升，那么我必须想出一个办法来面对一场十分重要，且不可逃避的考试：体育中考。

　　跑步单项是想都不要想了，那么，在耐力上便只余下一个可选项——游泳。

　　游泳训练的艰苦自是不必多提，在记忆中留下最深刻印记的，是游泳中考当日。

　　游泳考试场所在一个之前不曾去过的体育馆，考试前我也只去踩了一次点。对场馆实在谈不上熟悉，故而考试当日，直到进入场馆之前，我内心都仍在忐忑着。

　　进场，伴随着熟悉又陌生的消毒水气味，耳畔又满溢着同伴的鼓励，我的内心渐渐地平静了。跟随着指引进入更衣室，更衣室中老师含笑的一句"加油"令我的心情更是愉悦了几分。可惜的是，短暂的好心情在我进入游泳馆内后便不复存在了。

　　可能是为防滑，抑或是为了保持地面的完好，总之，游泳馆的地面上完满地铺着一层塑料网格，走上去脚掌总会传来细小却难以忽略的痛感。我仿佛一条刚上岸的小美人鱼，不停地转换脚的受力点，试图找到一个不那么难受的着力点，奈何无果，便只能一边龇牙咧嘴地站着，一边默默寻找新的解决方法。

　　好在地上有方便考生排队贴的胶布条，于是我慢慢移到了胶布条上。好消息是双脚在胶布条上能感受到的痛感有明显降低，坏消息是如果我要保持平稳地站在这窄小的一条线上，我就必须双脚呈一线站立，左右轻微摆动着身体，以求一个平衡点。

　　这更像小美人鱼了。

于是，当终于轮到我时，双脚站立到光滑的地面上时，我的第一个念头竟是：终于离开可怕的陆地了。

入水，我在水中试探着换了几口气，还好，感觉回来了。

入水蹬壁、打腿、划手、换气……一套动作下来，我心中更多了几分了然，没出错，小问题。但是，半程过去，我体能几乎告罄，再次蹬壁，前进的距离明显短了不少。我心中一惊，到底是稳住了心神，抓住时间缓了缓，继续上路。依旧是打腿、划手、换气……体力渐渐消耗殆尽，呼吸变得急促，打腿的力度也明显不如从前。

疲惫至极时，我趁着换气的工夫抬眼。面前是一条似乎没有尽头的泳道，泳道的远方，隐约有计时员的模样。

"快了，真的快了！"

心中不断地鼓励自己，我几乎是用毅力冲完了最后的半程。触碰到岸边的那一瞬，我心头一松，大脑也已经疲惫到完全无法思考了。好不容易憋了一些力气，艰难地爬上岸后，我几乎瘫倒在了计时台旁，双腿止不住地抖，呼吸粗重得令我自己心惊。缓了许久，我才勉强从计时台旁站起身，领了自己的成绩。

恍若隔世。

不论过程如何，我最终还是成功得到了体育中考的30分。过了这一关之后，我们也终于迎来了初三的最终主题：中考。

中考的准备开始得似乎特别早。

初三才开学，同学们尚未从酷暑的余热中收心，我们班主任便已经开了一次班会，进行了"初三动员演讲"。但那时离中考实在太远，大家多半也无什么危机意识，这讲演反响自然不过了了。

到了初三下，白板上原本的一行字，被一张打印出来的海报替代，海报上写着一行字："乾坤未定，你我皆黑马，乾坤已定，那就扭转乾坤。"这两行用绿底白字黑描边的字体写成的简单文字，默默陪伴我们度过了整个初中生涯最后的时光。

在那行文字下方，是"距离中考还有 XXX 天"与三个巨大的白色空格，在海报贴上的第一天，它上面的数字是"119"。在那之后的每一个傍晚，伴着天边紫黄色的晚霞，那上面的数字就自然地减一，直到最后变成由红笔写就的个位数，再然后变成"1"，带着数字"1"，永远离开了即将被布置成考场的教室。

在这 119 天中，我们好像经历了许多，却又好像时间转瞬即逝。

初三下的大多数时候，我们的心态仍很好，同学交谈，嬉笑打闹，一切如常。除去上课时讲的中考卷与每天晚间的长跑加训外，我似乎找不出什么来证明初三下的不同了。

为数不多的变化最早体现在音乐课和美术课的减少上。

九年级下半学期的第一节美术课，老师就坦诚地对我们说："我们这学期的美术课是很少的，和音乐课一样，都是两周一节，而且我们在五一之后，大约不会再上了。"彼时，教室仍在喧嚣着，大家似乎也并不如何在意分别，我也不过内心深处酸涩了一番，便很快回神，不去体会那话中的别离伤悲。

"还有两三个月呢。"我如是想着，心安几分。

却不曾想到，时光流逝得这样快。

关于美术和音乐课的具体的记忆，其实已经很模糊了。唯一记得的就是老师们对这所剩无几的课时总是非常珍惜。

在九年级的美术课上，有些时候，画画是一件相对而言最不重要的事情。

男同学隔着桌子高声讨论着他们感兴趣的话题，聊到兴起甚至会站起身来，手舞足蹈地，一边比画一边继续着激烈的讨论。相对而言女同学则更温和，只是用着不高的音量和身边的同学聊一些课间未曾聊尽兴的话题。当然也有些同学是不喜欢参与这些对话的，他们通常会带着几本已经被布置成作业的练习册到美术教室，趁着老师在台上讲解本节课的内容时，或是在老师给予的画画时间中见缝插针地在作业本上写上几笔。更夸张的，便是直接不写美术课堂作业，而把时间全用来写作业了。

美术老师不大喜欢高声呵斥别人，她对于纪律的管控，也就仅仅局限于在男同学们吵得实在太过分时走到他们身边提醒，以及严肃地告诫我们，如果在五月份前没能完成一张作品，最后成绩单上美术的平时成绩就会很难看，意图借此来确保同学们在合理的时间做合理的事。

但这告诫起到的作用实在不大——临近中考，各个中考科目作业必然不可能少，在日常作业之外每天又都得拿出些时间专门去复习，更别提包括我在内的一些同学在中考学习之外还有一些别的学习任务要完成，想要保证自己不在中考科目的课堂上睡过去，就只能拼命"压榨"非中考科目的学习时间。于是到了最后几节美术课，说话的同学越来越少，做作业的同学越来越多，两项综合一下，专心画画的同学到底没有增加。

直到五一前的最后一节美术课，在美术老师的严厉警告之下，有些同学才终于拿出那近乎空白的作业纸，开始用极快的速度赶制作品。

我在最后一节课时则较为清闲，因为平时我习惯完成本节课的内容后再写作业，所以最后一节课我完成了作品收尾工作之后，还剩下二十多分钟。

最后一节课，教室里比平时安静了很多。要赶制作品的同学一直在埋头画画，只是偶尔与周围同学讨论几句作业的内容；喜欢聊天的同学一部分也在赶制作品，另一部分失去了聊天的对象，也只能百无聊赖地写作业。老师依旧不辞辛苦地在同学之间走动，饱含热情地回答每个同学的每一个问题，偶尔遇到一些无厘头的问题，也能一笑带过。

我在距离下课还有五分钟时交了作业，按惯例，我可以早一些离开教室。在交作业时，鬼使神差地，我开口向老师询问："我们五一节以后还会有美术课吗？"老师愣了一下，旋即笑着许诺说："如果有，就让你们看电影。"

当然，我们没能看到那场电影。

音乐课的情况与美术课又有些不同。

我们的音乐课和美术课都是在专用教室上的，但由于音乐课理论上来说并不需要同学们记录什么东西，音乐教室内是没有为学生准备桌子的。通常情况下，上音乐课时，我们的座位会被安排得紧靠在一起，座位与座位之间大约只能塞下一个站立的人，加上音乐教室内的灯光总是非常昏暗的，"在音乐教室写作业"这件事的可行度就变得不太高了。当然，如果某天作业实在是多到了完全写不完，有些同学也会冒着视力下降的风险，在音乐教室昏暗的灯光下小心翼翼地写卷子。

通常而言，同学们在音乐课上是很安静的。至少，相比起喧闹的美术课，同学们在音乐课上聊天是极为收敛的。这有两重原因。一来，音乐课不似美术课般自由，老师通常会将一整节课的主导权牢牢掌握，不会给学生太多的自主讨论的时间；二来，或许是知道我们也极为疲惫，初三下学期的音乐课上，音乐老师并没有布置很多跟唱任务，而是带着我们欣赏了许多优秀的音乐作品。这些音乐作品风格各异、各有所长，但在当时的我眼中，它们都有一个非常质朴的特点：非常催眠。

初三时期，睡眠对于同学们来说从来不是一件容易获得的事物。每天学习到午夜，匆匆洗一把脸睡觉，然后再伴着清晨六点半的闹钟起床是最寻常的作息。八小时睡眠似乎变成了天方夜谭，不学到第二天再入睡就会因内心惶惶不安而彻夜难眠，清晨多睡一分钟都感觉自己有愧于周围人的期待。

但我们毕竟只是初中生。

不充足的睡眠产生的影响是极为广泛的：眼下的黑眼圈叠了一层又一层；上课时随处可见困得迷迷糊糊的同学在课桌上摇头晃脑地听着；每节课都有几个同学因为上课睡觉而

被老师赶到教室后面站着，但有些时候困意实在太浓，便会出现就算站在教室后面，也能再次睡着的糟糕情形。

在这种睡眠极度匮乏的情况下，有一节灯光昏暗、周围有音乐作陪、环境声音小的课，同学们会如何利用它，自然也就不言而喻了。我想音乐老师大概是知道我们那不算专注的上课状态的，但记忆中，她似乎鲜少因为这一方面对我们进行责罚。

和音乐老师度过的最后一节课其实并没有什么奇特的，她用着一贯的温和嗓音讲解着又一个著名的音乐作品，同学们睡觉的仍然睡觉，低声说话的依旧低声说话，整个教室一切如常，除了日历上的日期显示已经临近五一，除了那节课我听得格外认真。那天下课后，同学们陆续走出音乐教室的时候，我像平时一样，转身对音乐老师说了一声"再见"。

她似乎笑了，也回了我一声："再见。"那天之后，我便再也没有见过她了。

不得不说，我们对于中考背后那个既定的分别的概念的明晰，是从"百日誓师"开始的。

在此之前，那三位数的倒计时，其实并未带来什么过大的压力，到了头，也不过让我们对于时光的流逝有了量化的感动。

看到倒计时尚余一百零几日时，班主任在班会课上郑重地宣布了"百日誓师"活动的消息。那个一直存在于传说中的"誓师"才真正走到了我们面前。

最初，同学们对于这个活动都是十分期待的，毕竟一个能够占据一个下午、横穿三个校部的活动还只有我们九年级能参加，自然是叫人十分兴奋的。我在前一天晚上也是兴奋地辗转了许久才得以入眠。

第二日，艰难地挨过了上半日的课程，吃过午饭，好不容易盼到了出发的时刻。

行程是每个同学回到一年级时所待的教室，变回最初的班级形式，而后与小学时的班主任见面，叙叙旧。

我一、二年级时的班主任没有参与我们的回访活动，所以我们在班中所见到的老师是三至五年级的班主任——俞老师。

走入教室，随着时光流逝而被淹没的记忆再次回到心间。望着窗明几净的房间，我的泪似乎已经开始打转。

但一进入教室就放声痛哭，实在是有失体面的。我提醒着自己，努力维系着大脑中那已然紧绷的弦。

"小学就是好啊，桌上都不用放书的。"

强行扯出句俏皮话，缓和下心情，再抬眼，俞老师那慈祥和温柔的双眸撞入我眼中。

心跳停止了一拍，我心里所有的建设在这一刻轰然崩塌。至此，我终于不得不承认，我真的很想念我的小学时光，甚至，面对近在咫尺的分别，我已经开始怀念我的初中同学与老师，我也终于不得不承认，我讨厌分别，我一点儿也不愿接受即将到来的必定存在的离别，一点儿也不。

泪水决堤的瞬间，我依稀听到了俞老师带着惊喜的呼喊，身体行动在了大脑前头，我几乎无意识地冲向了俞老师，与她拥抱。

在那一刻，我竟无法思考，也无法辨别我抱住的究竟是过去的恩师，还是那一串忘不掉、舍不下的回忆，那些五彩的日子，在生活所织就的白布中，不只染上了自己的颜色，也深深印刻入布帛的底色，以至此后之我，无不由之造就，因之而成。

当然，拥抱不可能使时光无尽地停留，我们只能在教室中做短暂的停留，短暂的交流后，便会再次分别。只记得广播中的老师一催再催，我终于不舍地从座位上起了身，却仍是磨磨蹭蹭，一点一点从后排挪到了教室门口。

俞老师仍在门口，仍是那慈祥而温柔的眼神，一切事物在她面前，都会被包容、被理解。我抿了抿唇，鼻子再次不争气地起了酸意，我鼓起勇气问道："俞老师，我能再抱你一下吗？"

她欣然应允了，我便再次与她相拥。这一次，没有理智的失控，没有思考的放空，我只是与她相拥，与一个令我尊敬，令我喜爱的老师相拥，为了那不知何时能来的再见，说着无声的"再见"。

最后将走出教室时，我踌躇了片刻，告诉她我参加了一个征文比赛的事情。事到如今，我仍无法确定当时举动到底为何，或许是想要让她多记得我一点，或许只是想和她再多说一句话。

她应了我的话，然后，我们在教室门口分别。这并不是我曾上俞老师的课的教室，当我看着她与那"101"一同离我越来越远时，我挥了挥手，向她，也向我小学时的所有回忆碎片挥别。

那些美好的，难堪的，破碎的，在我梦中的，触及现实的，一切的一切，都融化在那时的暖阳的照耀中。

我是笑着离开一、二年级的校区的。

"百日誓师"的第二段，我们来到了三至五年级的校区。进校门时，许多熟悉的面孔站在校门两侧，沿着欢迎红毯排得好长好长，班级恢复成初中的人员，所以班级中每个人熟悉的老师都不尽相同，但相同的是，每一个走过红毯的孩子，口中一定呼唤着几个亲切而友好的名字。伴随着的，还有挥手与极为简洁的问候。

红毯上是不能停留过久的，因着这层，许多来不及说出口的问候，就化在一个微笑，或一个隔空的拥抱中。

印象最深的是，在我们班走过红毯后，身后不知哪个班的同学大喊了一声："老师！您是我最喜欢的老师！"

人群中瞬间爆发出一阵哄笑，几分是因这巨大的喊叫，余下几分则是因为现场还有不少初中部的老师随队，如此直接的"表白"，很容易叫人起对比的心思。

故，紧接着便响起了同学们的起哄："那现在的老师呢？"一片问询中，一句与众不同的问句引起了我的注意。"对啊，现在的老师可要吃醋啦！"

我被声音吸引着，回了头，只见带队的老师脸上也尽是包容的笑。心下了然，老师应该也是明白我们与旧时师长重逢的兴奋，跟着开玩笑，也不过是在变相安抚我们的小情绪罢了。

一路沿着红毯走入教学楼，两侧同学挥舞着花目送我们向前走去。

青涩的面孔上洋溢着友善的微笑。"我曾也是这般模样吧。"我一边走着，一边总感觉昨日还在数着手指等待升入九年级，成为"被注视的学长学姐"，今日便已然站上了这象征"出征"与"远航"的红毯，背负起家长与老师的期望，成为那无声战场中无数待命士兵中的一位。

很多时候，那些令人期待的事情背后，总存在一些无法瞧见的责任与苦痛。

坐定，台上的主持人开始进行活动开始前的必要铺垫，我却没有太听进去，许久不曾来多媒体教室了，再见才惊觉我竟在此处留下了无数闪烁的瞬间。夏日的游园、偶尔的电影、雨中的晨会、得意的公开课……

记忆中的场景于此处交叠、融合，在脑海中翻掀起了一场名为"不舍"的浪——若没有意外，这将是我此生最后一次以学生的身份在此地停留了。

眼中多了几分湿润，我的视线也逐渐模糊了。此时所坐的位置并不是三至五年级时我常坐的，陌生的视角使这次与多媒体教室的重逢多了几分来访者的意味，是啊，我早已不再是坐在此处的那个年纪了，我早已长大了。

意识终于又集中于舞台，台上已经进行到九年级与五年级互换礼物的环节了，他们祝我们前程似锦，我们祝他们砥砺前行。那些无以言说的精神，在这彼此最友好、最真诚的祝福中，有力地传承着。

"好好学习啊，我把我最爱的老师和最爱的课程都送给你啦！"

礼物互换后，我们便需回到此次跨越时空的旅程的出发地：初中校部。

一下午过去，除却逐渐西下的太阳，一切似乎都没有什么改变。这是自然的，不过一个下午，校园内本也不应有什么翻天覆地的改变。唯一变的只有我自己的心境罢了。一切都是离去时的模样，平静的操场，只有阳光铺洒着跑道，庄严的大门，仅有新叶装点了春意。

可在操场左侧，大门之后，是一条不寻常的道路，准确地说，一条由红毯与熟悉的老师们一同构成的，象征着"出征"的"送行福道"。

我从来不曾像此刻一般深切地意识到，我已经是一个初三下半学期即将奔赴中考"战场"的学生，当我双脚都踏上红毯后，周遭的一切景物似乎都被定格成一帧帧图画，图中的人物在我记忆中的模样在此刻重现于脑海，它们不断变化、融合，最终在我的心头组成一个又一个或温柔，或严厉，或年轻，或年迈的老师的面孔。

他们每一位，都曾在我求知的攀登路上为我提供过向上的动力，也都在我因种种挫折而想要退缩时，成为那指引我前行的灯塔。而如今，他们都站在了我前行道路的两侧，用掌声与微笑护送我去往更广阔的天地。

我想停留在此刻，与那记忆共舞，与那美好欢歌。可是前后的同学无不推着我前行。正如时间也推搡着我，他们所带给我的一切欢乐与悲伤，却只得留在此刻的我的身后，不再前行一步。

我努力回头张望，可身后除了源源不断的新人涌入，便再无什么可以叫人看见的了。

他们终是迷失在我的记忆里了。

不论再如何想要停留，队伍总是向前走的。不一会儿，我们便穿过了红毯，来到了礼堂。

礼堂正中不知何时立起了一座"定胜门"，金黄的桥梁作底，上绘着许多红的鱼儿，很是吉利喜庆。同学们排着队依次从"定胜门"下走过，寓意"中考必胜"。

轮到我时，不知怎的，我突然很想抬手去触碰门两侧的门柱。手指拂过门柱，冰凉的触感很快拂过全身。那是一种能震动我内心的温度。

我先前所有的焦虑、伤感、急切……都在此刻化为乌有，周遭的一切似乎都被蒙上了一层轻薄的雾，它们隔开了我与现实，也隔开了过去与现在。我就站在这个独特的十字交会口上，迷茫地望着周围的巨变，感慨着时间的力量，然后不自觉地成为时间包裹中的那份徘徊与彷徨。

我就站在此刻，此刻的我永久定格于此处了。她站在一个风起云涌的站台，对着身后所有的我做出报告，"已成长，变更好"，对着未来所有的我许下心愿，"要更强，走更远"，而我啊，那个真正望着她的我呀，如今正一步步践行着她那时就定下的目标，向着那不知何时才能到达"心愿"之门飞奔而去。

我就站在此刻，周遭的雾已然散了，雾中显现出一张又一张含笑的面孔。他们都与我年龄相仿，我们阅历相似，我们即将奔赴同一片"战场"，我们将会是针锋相对的竞争者，但我们早已是荣辱与共的好伙伴。

我就站在此刻，未来的风永远吹不倒此刻的少年，所以我们总是充满希望，所以我们昂首在盛满阳光的大道上，头也不回地向前飞翔。

我终是离开了此刻，从"定胜门"来到舞台前，"百日动员"讲话中，每个演讲者都充满了激情，台下也不时响起一阵又一阵热烈的掌声。我毫不怀疑，此刻礼堂中的每一个人都能感知到彼此的斗志。这是独属于我们的时刻。

而我们即将迎来独属于自己的舞台。

在那象征着我们初中最后一个活动的"百日誓师"大会结束后，我们的学习生活便几乎变成灰蒙蒙的一片了。

生活变成了卷子、练习册、跑步、跳绳、实心球、古诗文、文言文和英语单词语法的集合体；同学是一起面对无数重压的伙伴，也是过独木桥的千军万马中近在咫尺的竞争对手；老师的教导逐渐由有趣且和蔼变得严肃且严厉。每天醒来就想着睡去，睡去又担忧下一次醒来，重复地走着同一条长满荆棘，遍布路障的道路，精神塑成的身体上早已遍布伤疤，却没有办法停下，在那名为"睡梦"的驿站简单疗伤之后，便又得再次踏上那条痛苦的道路。

好消息是，体育中考结束后，大课间和放学后的加练全部取消，体育课代替副科成了又一个可以停歇的加油站，我有时会用这段时间在充满阳光的跑道上漫步，顺便瞧着低年级的同学们再一次被名为"八百米"的恐怖怪物纠缠。天气更热一些的时候，我和朋友们便会去操场旁的图书馆休息，和里面那曾是我们七年级时的科学老师的管理员老师聊聊天，分享彼此找到的好吃的，或者借用她的小榻补眠。课业繁忙的时候，我们也会将书本带到图书馆，伴着图书馆空调吹来的冷风安静地写一节课的作业。

再后来，我考完了高中的校招考试。校考的排名并不算理想，正好卡在了招生名额的底线，这意味着我必须拿出一个不太差劲的中考成绩，来确保我在这张录取表上的排名不至于跌出录取线。从拿到校考排名到中考真正来临之际的那一段时日，我内心承受着前所未有的巨大压力，但实际上的日程却轻松了很多——不用在每周找两个工作日的晚上花一个小时去练习游泳以至身心俱疲，不用再每天花费近两个小时去熟悉一百个高中词汇，深刻了解其读音拼写和中文意思并完成完全乱序的词测。

我只需要学习，纯粹地学习，学习学校里曾经教过的一切，学习卷子中我曾出现过的错误，学习被我遗忘在记忆角落的知识点，学习我不太熟悉的单词。完成作业后我便可以花费所有时间去做上面讲述的一切事情，而当完成了每天的学习任务之后，我就可以安然入睡。自从踏入全面复习阶段，作业量便已然稳定在一个比较大的基数不再增加了。而因为曾经多件事情的重叠压迫，我早已学会抓住一切机会完成作业，以致在回家后比较短的时间内，我就可以去做别的事情。所以我的学习时间一下子变得格外充裕，我也在初三下半学期第一次十二点之前睡觉。

我的精神在这段时间逐渐被养好，我的身体又因为体育中考的帮助变得十分康健，我在那段时间从未怀疑过，我可以用一个非常饱满的姿态迎接中考。

可是，天不遂人愿。

在中考前的倒数第二个礼拜，我的右耳突然出了一些问题。最开始是耳朵内部隐隐作痛，后来是偶尔的耳鸣，再后来，我两只耳朵所能听到的声音突然就变得不同了。具体形容起来，大概就是我所能够听到的一切声音都被我的耳朵自动开了混响。也是因为这种混响状态的存在，我对于旁人说话内容的辨识度便自然而然降低了。

这是一种很糟糕的情况，因为中考中还有一门考试，叫作英语听力。

好在，在发现问题并立马就医后，我的耳朵在中考前的最后一个周六基本恢复了正常。当时我欣喜若狂，但这种情绪并没有持续很久，因为在中考前最后一周的周三，我的耳朵又一次坏了。这一次，面对近在咫尺的中考，我真的慌张至极。我吃了上一次医生给我开的药，努力调整自己的作息至最健康的状态，尽可能地舒缓自己的情绪，想尽一切办法试图让我的耳朵在英语考试前好起来。甚至直到周日上午我进入英语考试考场前的最后一分钟我都在祈祷，求我的耳朵好起来。可惜的是，祈祷并没有奏效。

我顶着自带混响效果的耳朵考完了整场中考。

我身体所出的岔子不止于此。在中考正式开始前的最后一个晚上，我的肚子开始隐隐作痛，自我检查后发现，生理期来了。

我生理期来的时间一向有些偏差，这次中考的日期也的确在它可能偏离到的时间内，这本没有什么奇怪的，但这会带来一个很大的问题——我的生理期总是携着腹痛一起来的，尤其是前两天。

因为考虑到止痛药可能带来的副作用，我在一番激烈的思想斗争之后放弃了用止痛药，这意味着，我在考试过程中必须承受住随时可能到来的疼痛。说来，我其实是有些侥幸心理的，毕竟我平时生理期时所伴随的腹痛并不严重，也不算太难挨。我想着，只要把外套在后腰处打个结，避免受凉，在考试过程中应该是不会吃太多苦头的。

在语文考试时，情况也的确如我所料。我的腹部一直只是轻微作痛，对考试的影响并没有很大，甚至在我写作文的过程中，它全程平静，不曾对我产生一点干扰。但就在我心情愉悦地吃完了午餐，准备奔赴下午的数学考试时，变故突生了。

上午还走得极为顺畅的一条路，中午走起来就已经痛苦万分。我每一次抬脚都要克服腹部那仿佛被电钻刺穿一般的疼痛，落脚时又要感受腰部那好似被折断的酸痛。到后面，我甚至连单独站立也做不到了，只能被母亲搀扶着，一小步一小步地挪到了考点门口，又被考点里的老师搀扶着一点点向考试现场移动。

如此情况下，数学考试便变得格外痛苦了。腹部的疼痛使我连抬手都极为困难，写字的手会伴随疼痛不时颤抖，脊柱也仿佛被撕裂，我整个人完全趴在桌子上，用毅力维持着右手写字的状态，大脑因为身体的疼痛近乎停摆，却又被意志催促着去解下一道题。原本安静停留在纸上的字符开始在考卷上四处奔跑，思绪也随着疼痛飘到了千里之外，我几乎要以为自己已然升入了一个没有苦痛也没有竞争的世界，却又一次被腰腹的剧痛拉回考试的现实。

"不，不能再这样下去了！"意识疯狂地催促着，停摆的大脑在看到考试的倒计时后重新开始运转，握笔的手强行写下一个又一个标准的字符，腹部的疼痛仍在继续，我没有时间分神管它，在时间流逝的滴答声中完成了与自己的斗争。

或许是因为前面一日所留下的印象太过深刻，我对于中考第二日的记忆并不是很多。只记得，在随着考完的同学们一同走出校园后，我在那个阳光在地面上泼洒金点的下午，给自己买了一束包得很漂亮的花。

那花，在那天午后的烈阳里，绽得熠熠生辉。

分别与回顾

中考真正落幕后，我痛痛快快地去周边玩了近一个礼拜。

旅途中各种奇妙的见闻自不必提，但在各个风景美妙如画的地方，每当温和的暖意照射到我的身上，抑或是柔和的清风拂过我的指尖时，我的内心总有一丝隐隐的空缺和失落感，仔细去审视，却又悄然无踪。

我不知道我应当如何去评价这种情感，事实上，在九年级最后的那段时光，我曾无数次幻想过我毕业后要去做什么，心中所想的事情五花八门，丰富非常，但当我真正来到了毕业的那一刻，当我真正拥有可以去完成这一切的机会时，我却非常可悲地退缩了。

那是一种因为持续了漫长的时间的习惯被打破而产生的恐惧，每当我感到周遭环境与我曾熟悉的不同时，我的心似乎都会被某种细小的尖刺轻轻刺穿，不痛，却有一种叫人心惊的心悸。

当习惯被打破，生活中最熟悉且艰巨的目标被完成，周围一切熟悉的人或物都在一瞬间消失分离，我那堪称贫瘠的生活中，还剩下什么呢？我无法想象，也不敢想象。

所以，在中考完成后的当天下午，我就主动报名，想在一周之后的毕业典礼上表演一个节目。出于对自身唱跳实力的自知之明，我果断地上报了一个语言类节目——脱口秀。这是一个让我后来觉得极不理智的决定。

报名的过程其实是有些乌龙的。因为校领导的原话大约是鼓励大家以班级为单位展示节目，也鼓励有表演意愿的个人上台展示云云，在台下听得激动的我便以为班级报名的节目与个人报名的节目并不冲突，两者相互兼容，因此果断地上报了一个仅有我自己参加的语言类节目，并兴致勃勃地在旅途中认真地写稿，练习。

事实上，直到举行毕业典礼的当天上午，我在典礼现场彩排的时候，我依然坚定不移地确信我们班还有另一个节目，甚至当我表演完我自己的节目，并在接下来所有的节目中都没有看到我们班的演出的时候，我的观点也没有分毫改变。这也不能全怪我迟钝，因为现场除了我之外，班级内还有两位男生也提前来到了现场，他们并非学生会成员，所以我几乎是下意识地就认为我们班一定还有一个节目会以班级的形式表演，只是人还没有来齐，这才一直没有上场彩排罢了。不过，就算如此，我在彩排现场依然感受到了一丝奇怪。无他，现场的同学们表演节目几乎都是三五成群的，并且节目内容也大都是极为正式和得体的，似乎彩排现场的所有节目都与我的节目有着完全不同的性质。不过，在彩排过程中，我从几位同学的闲谈中听到他们班上有几位同学想要表演一个小品，他们甚至还聊得极为具体，这多少也给了我些不大真实的安慰。

依靠着这些半虚幻半真实的猜想，我强压下了心头那股不安的预感，在完成彩排后按约定回到了教室，与同学们在教室中亲热地聊了一会儿天，彼此交换了填写好的同学录，闹闹哄哄地排着队走向了大礼堂。

我和同学们排着队，走过那条熟悉到闭着眼睛走也不会摔跤的走廊，一步步走向那以无数种不同的身份踏足过的礼堂。周遭光影流转，身畔人声喧嚣，恍惚着抬起头，天上烈日朗朗，蓝天中白云飘摇。我一时竟有些恍惚，仿佛在一瞬之间忘却了我来自何方，何处为归乡。

当然，节目依然是要上的。在毕业典礼主持人简单地暖场过后，是一段由年级内的男生们组团表演的歌舞，他们跳得很好，动作力度到位，走位复杂又不失秩序，点燃了全场的氛围，引得台下的观众们欢呼连连，我站在台侧，也被这气氛感染得激动不已。但我并没有欢呼出声，心里七上八下。次要原因是，我是排在这个节目后就要上场的；主要原因是，我之前在彩排时看到的两位同班的男生，全部都在这个节目中上场了。换言之，整个彩排，我们班除我以外，并没有展示任何一个其他节目。

我的脑海中隐约浮现了在彩排时我站在台上，台下学生会成员们颇有些异样的神情，心中那股不祥的预感越来越明显。但也由不得我多想了，台上的节目已经接近尾声，观众的欢呼声已传至耳边，主持人已上场，我报上去的节目名称已经传遍整个礼堂。我必须现在就上场了。而几乎也是在同时，我终于清晰地意识到，我的节目是我们班的唯一一个节目，是我们班以班级名义报上去的节目。这也就意味着，此刻我代表的将不仅仅是我自己，还有我名字前所带的班级。

压力在一瞬间骤增，我却没有精力去处理它。我用极快的速度整理了一下仪表，几乎是被时间押送上了舞台。身后是已经被拉上的幕布，面前是无数熟悉的面庞，我知道我必须讲下去，所以我听到自己清了清嗓子，站在台侧，对着台下的观众发出了整场表演的第一句话："好多人呀。"

之后的表演我几乎是在梦里度过的，这倒不是因为现场的气氛有多么热烈阳光，恰恰相反，这一场表演实在是算不上成功的。许是因为整个毕业典礼的气氛本就不适合脱口秀这种非正式的语言类节目，又许是因为在现场落座的家长老师年纪大都已过四十，也不太能理解我那一段段话语中的趣味点所在，当然，我的文本也绝对算不上精彩，总之，整场表演下来，我自己在台上所经受的尴尬与无措，比台下众人的笑声加起来，还要多上好些。

在节目的尾声，我文本中的最后一个梗终于迎来了全场的第一次大笑，我在讲稿中写道："过了今天，或许我们都会各奔东西，但我相信，在学校学习的这段时间，一定会在各位记忆中留下浓墨重彩的一笔。"当我站在台上，迎着头顶的灯光，一字一句地将这些文字带到现实时，我看到了台下众人的眼睛。它们是那么明亮，澄澈。他们目不转睛地盯着我，神情是那么认真与专注。

我曾不止一次见过这些眼睛。它们出现在中考冲刺阶段的教室里，面前是铺满了整个课桌的试卷和习题；它们出现在"百日誓师"大会的礼堂里，目光里满满都是即将奔赴未来的坚毅；它们出现在九年级上开学典礼的操场中，凝望着自己牵着的小手，回想着属于自己的过去；它们出现在退队入团仪式的队列里，温和地望着即将进入新校部的学弟学妹们，为他们细心地系上红领巾；它们出现在新年活动的舞台上，笑着看着台下众人，目光中洋溢着青春的力量；它们出现在六一游园活动的现场，全神贯注地摆弄着玩偶游戏；它们出现在踏入新校部的大门口，目光中带着忐忑与期许；它们出现在小学高年级校部的教室里，与同学们玩着叠星星的游戏；它们出现在小学低年级校部的教室里，手舞足蹈地学着拼音发音。而它们在我记忆中的第一次出现，是在学校的大门外，一群身高不到一米的小不点，用力地踮起脚尖，试图看到教室里的哥哥姐姐们到底是如何学习的。它们的主人用着柔软的声音，小声向周围的大人们问询："上学好玩吗？我什么时候可以去上学啊？"那是一切的开始，或许，也会是一切的延续。

"最后，真诚地祝各位，毕业快乐，前程似锦。"言毕，鞠躬。我听到我的身前响起了掌声，我看到我的双腿走向了台侧，我走下了舞台。耳畔响起主持人得体的报幕声，我却在嘈杂的现场中，听到了一声来自我自己的啜泣。

我在哭什么呢？我不知道。我只知道我在一瞬间想到了我那再难重新经历一次的九年生涯；想到了那些曾经一起嬉笑打闹的同伴与同学；想到了每次被问及学校时总能够下意识脱口而出的名称；想到了曾经朝夕相对的老师今后再要相见便会变得困难非常；想到了熟悉的礼堂，热络的操场，永远清凉舒适的图书室，隐匿难寻的广播站；想到了从六年级时就与同学们想好要去表演的节目，直到现在都没有实现；想到我们一同经历了那么多事，在最后分别时却也只能轻轻叹一声"再见"；想到我留给这个学校的最后一个画面，根本称不上完美，还有好多残缺。

不能再想了。我努力告诫自己。这是毕业典礼，是我们在这所学校作为学生的最后一站，我们应该拿出最好的状态，无论如何，我都应该是笑着的。在脸上扯出一抹笑容后，我带着这种不安的情绪看完了接下来的所有表演和互动。精彩绝伦的表演自不必说，互动环节时，老师的临别赠言言辞恳切，学生代表的离别留言感人肺腑。我坐在台下，没有任何一刻比那时更加明白，我到底在面对一次怎么样的离别。

作为九年制学校的学生，小升初的离别情绪是很淡的，因为同学是没有什么变化的，只是班级被打乱重组了而已。可是如今，这一别，便是天各一方。老师或许还有迹可循，同学之间的交流，却是只能看缘分与造化了。

典礼结束后，我们回到教室，班主任准备了一个视频。视频记录了我们从一年级入学开始，直到九年级中考之前的每一次重大事件的合影。背景音乐温和舒缓，看着画面中那曾经稚嫩的学子一点点长大，不知怎的，我的眼眶中满是泪水。

惋惜和遗憾在此刻如潮水般向我涌来，精神与大脑在同一时刻共同推演出了一个相同的结论："我讨厌别离。"可是时间总是强硬地推着我向前，再向前，叫我生生吞咽下了无数的不甘与不愿，逼迫我抬起头，将目光投向远处。

人们总说，要向前看，不要回头，不要遗憾，不要叫自己成为时间的奴隶，背负着那名为记忆的枷锁逆着时间的河流而行。可我知道，那被他们称为枷锁的记忆，是无数曾经在不同时刻鼓励过我的时光碎片，无数曾经在不同地点温暖过我的风景碎片和无数曾经在我的人生中影响过我的人的融合。它们哪里会拖累我呢？反倒是我，在每一个几乎快要放弃的时刻，就回转身投入那名为记忆的温床，好好地抱着力量睡去，好叫我再次醒来时，重新获得前进的动力。那些记忆啊，它们总是闪着光的。

可是，我不能停下。时光河流滚滚向前，纵使我将全部的回忆当作筹码，对于它的体量来说也只是九牛一毛，丝毫无法抵挡它将我径直送往那名为"未来"的远方。我的泪水在茫然中被它那宽宏的身躯包裹，一点点融入，成为它的一部分；我的叫喊在疯狂中被它温柔抚平，逐渐平息了最初的锋芒。我知道我立在其中，可是我无法挣脱。或者，我真的想从其中挣脱吗？在那无法抵挡的时间面前投降，木然地随着它向着时空的尽头走去，自在地享受着周遭的景色，然后按照它的安排，不论悲喜，都在下一秒忘怀。永远无忧无虑，这不好吗？

望着那已然待过数百日的教室，抬眼就能看清最为熟悉的黑板模样。我蓦然生出一股极致的惊恐与慌张来。

周遭人声鼎沸，我却觉得自己仿佛身处无人之境。若一切的相遇都意味着别离，一切的记忆都意味着忘却，那么，抛却旅途中消散的，在微风吹起沙粒时必然会留下一点点微小痕迹，我这一段渺小到几乎难以察觉的旅程，到底真切地留下什么呢？似乎，冥冥之中，有一个曾经被装得满满当当的书桌，而今被收拾得空无一物，空旷得叫人心慌，轻轻触及，甚至能听到自己声音的回响。

总得抓住些什么吧。

如是想着，我在视频播放完后，简单擦了下眼泪，便着急地寻找各位老师合照。将那些时间留不住的东西，存放在胶卷里，我的心中才终于有了些许安宁。

就算时间塑造的分别不可避免，但我们至少已经从那由记忆堆积而成的高塔中，敲出来一块砖。

收获与启航

　　若说回忆是珍藏于心中的宝物，那么未来，就应当是一场藏满了珍贵宝藏的征途。当我们从藏宝室中获得了继续前行的力量，我们便可以拔出剑，勇敢而无畏地踏上那片全新的，充满未知和宝藏的征途。

　　在很多文学作品中，当主人公刚刚结束了一场漫长且艰难的征程之后，他／她通常会感觉"松了一口气"，或是"放下了一块悬在心头很久的石头"。这正是我在临近中考前那段压力最大的日子中所想象的，这种想象也的确成为支撑我继续努力的动力源之一。

　　可是，生活不是文学作品，更不可能存在于某人的想象之中。

　　事实是，我在考完后的第一时间，感受到的并不是如同期末考结束一般的放松和自由，而是一种沉沉坠在心头的无措。就仿佛你有一间屋子，你在里面生活了很久很久。你可能曾经在屋子的墙壁上涂鸦，可能在屋子中间竖起一堵高墙，也可能无中生有地捏出了对你在屋子中的生活有帮助的很多小物件。总之，你熟悉这个屋子的每一处，你比任何人都清楚如何在这间屋子里过得舒服。但是某一天，突然之间，你的屋子被清空成了你住进来之前的模样。这种感觉与将屋子中的某些杂物清除出去是完全不同的，因为当屋子中的所有物件都被外力一瞬间清空之后，这个屋子实际上变成了你完全不熟悉的样子。

我曾无数次仰望的目标在被我触及的一瞬间便消失了。我一直仰望它，将靠近它所需要的所有技巧尽数刻入骨髓，可是现在，随着我成功触及了目标，这些技巧都变得不再重要了。不再需要每天早晨随着六点半的闹钟快速起床，不再需要经过那条走了四年的路去学校，不再需要在每天回家后无奈地拿出作业本，因为不再有老师会为你上课，也不再有任何任务需要完成。除了那个你已经无法再改变的，即将被发送至你父母手机上的那场重要的考试的最终成果，似乎所有人对你的期待都只剩下了一个抽象的"好好生活"。

但这并不是一件容易完成的事情。作为一个在"被要求着完成各种不同任务以至于可以像一个'正常人'那样生活"的环境中度过了九年的人，是很难在短时间内学会主动去寻找目标的。在刚刚完成中考的那十几分钟，我望着教学楼，脑中甚至有种回到教室继续上课的冲动。

所幸，早在中考开始以前，我和母亲就约定好，中考结束后去市区周围进行一场为期五天的旅行。

旅程开始于中考完成后的第一天。

但在正式旅程开始前，我和母亲先去了医院，见了一位德高望重的专家爷爷，以求将我那在中考前突然变成"自动混响加载器"的耳朵医治好。那位专家爷爷对着我的耳朵仔细观察了很久，最终得出了一个不大乐观的结论——从惯例上来说，我的耳朵痊愈的可能性不大了。这无疑是一个很糟糕的消息，我和母亲在沉默中拿着刚买来的一袋药品走出医院——虽然希望渺茫，母亲还是请求大夫开了一些可能对治愈有帮助的药品。

虽然得到了一个不怎么令人愉悦的消息，但下午的旅程还是要继续的。在下午出发去城郊民宿的高速路上，我听着歌，看着太阳一点点撕开那一大块厚厚的云层，似乎在这阴沉沉的世界里，四处播撒希望的种子。我突然就觉得心中某片难解的郁结有了些许松动，在这车辆稀少的高速路上，我听到自己哼起了歌。

一个多小时的车程后，我们便到了民宿。民宿是被山捧着的，位置取得极巧，在山脚及山腰的公路上都看不见其身影，人们住在里头颇有些隐世的意味。我们居住的房间内有一扇巨大的落地窗，在房间里就可以看见对面山坡上的一片绿意盎然，晴好的午后阳光会铺洒在那绿的世界里，细致地给每一片树叶涂上金色的光彩，在那时，我就会想象，倘若我躺在那片绿毯之中，我是否也可以被大山同化成那充满力量的生命的一部分。

我们去的时候刚好赶上淡季的尾巴，民宿十分安静。入口处有一小风铃，它使得风对这里的每一次光顾都能留下痕迹，并伴着"叮叮咚咚"的传信声令民宿中的每一个人都见证了这次光顾。树林间的蝉鸣会在民宿各处回荡，平息了我心头的焦躁不安，使我可以有精力去抬头看天边绚烂的晚霞。这种安静似乎有一种魔力，因为在这间民宿生活的第四个小时，我惊奇地发现，我的耳朵不再"制造混响"了。

在这里居住的第二个晚上，我们一群住客在民宿老板的带领下，在民宿门口的小草坪上放了一次高度不过一米的小烟火。金黄的火星伴随着人群的欢呼在空中化为灰烬，草坪对面餐厅玻璃透出的暖黄色灯光映照着如喷泉般不断喷发的火星子，背景是那可以包容一切的夜空，这一切美好像是一场从未进入亦不敢察觉的梦境。

当最后一点火星子湮灭于草坪上的露水之中时，住客们纷纷回到房间。在那个空气中带着少许火药气息的夜晚，我心头好像有一些坚硬的东西被这满天的火星子融化了。

旅程的后半程，我们去了玉泉山。

我们入住的是山脚下一间极为清幽的民宿，老板娘为人和善，餐饮也十分可口，店里还养着几只小猫，它们似乎知道自己很受欢迎，平日里会昂首挺胸地走在民宿里公共区域的各个角落。当然，这一切都不是我们此行的目的——在玉泉山山腰处，有一家听闻极为灵验的寺庙。虽然我明白考卷交上去之后自己对于最终成绩就没有可以掌握的部分了，但心头不时泛起的不安总是时刻提醒着我：去做点什么，哪怕不一定有用，至少去做点什么。

半山腰就是寺庙。中间的路程都被精心铺设了石砖，四周是幽静山林——长满青苔的山壁，郁郁葱葱的绿植，缕缕细流沿着青石板路绵延直至山脚。许是我们去的时间早，山中的游人并不是很多。闭眼感受身畔的景色，声声鸟鸣伴着潺潺的流水声抚慰着匆匆的行者的心灵；身体偶然间擦过树叶，便可唤起一阵柔软的沙沙声。

从大殿侧面的小门进入玉泉寺，抬起头，瞬间仿佛穿越回千年之前。又过了一段楼梯，入目便是三座大殿，左侧不起眼处还有间请香的铺子。母亲携我去请了一盏长明灯。低头于佛前叩首的时候，我心中好似有万般澎湃的心绪，却又平静得无一丝波澜。佛祖那高大圣洁的塑像默默立于我的身前，我知它应是在看我，但我不敢抬头。我知我是怯懦的，我将自己那未必光明正大的心愿交予佛祖并祈求他能帮自己完成，但须知这世间难有事务是能不依靠于人的努力而独立存在的。那些难尽的欲望，那些未曾做成的努力，那些深夜里追悔莫及的瞬间，都被人们揉碎于那袅袅升起的香烟之中。我不知我是否看见了那随着香烟升起的无能为力，但我看见了我虔诚地低头，鞠躬，叩首。

我一时竟不知，我到底是在拜佛，还是在祭奠那个无法成功的自己。

下山时分，我的心完全不似上山时的激动。于佛寺里走了一遭，我内心那无源亦无终的焦躁似乎找到了一处可以歇息片刻的安身之所，我的心变得开阔而安宁，如同秋日里一片全无波纹的湖水，在秋日清空的照耀下，忠实地反射着世间的一切美好。刚结束中考的我仿佛一叶无桨的小舟，漫无目的地于一片满是水雾的湖面上飘荡，那雾实在太浓太厚，叫我看不清来时的路，也见不到两岸的景色，我只能茫然地躺在船底，任由微风和水波把我送去不知何时抵达的下一个地方。而如今我已经可以感受到，那霸道的不让我看清周遭环境的雾气已然消散一部分，隐隐约约透露出了两岸山石的模样。

事实上，这场考试结束后的奖励性旅行在此时便已经告一段落了。因为在考完中考后的第一个周六，我们需要回校参加毕业典礼。但我与玉泉寺的故事，并没有在此完结。

六月中下旬，我们如约得到了中考的最终成绩。它以短信的形式发送到了考生或考生家长的手机上，包含了各科的考试成绩和总成绩。就"中考"这场考试本身而言，2022的故事在此落下了帷幕，但，对于绝大多数人来说，成绩的公布并不是那名为"中考"的征程完结的象征。

六月末，根据已知的中考成绩，各个高中开始公布新生名单。

为了以相对更放松的心态迎接这场至关重要的考试的成绩，母亲和我又一次开始了一场旅程。

得知被录取的消息时，我正在本次旅程的第一站——一家位于市郊山顶的乡村民宿中边看着手机边吃着炖得酥软的鸡腿。因为害怕骤然得知落榜的消息，自己会因心理波动过大而做出什么不甚理智的行为，我事先就拜托母亲提前查看成绩并酌情温和地告知我情况。但是，在母亲真的看到被公布的新生名单后，所有的铺垫和准备都变得毫无作用。母亲在看到名单上我的名字的第一时间就用了一种我几乎从没听过的高亢语调喊出："你考上了！"

在听到消息的第一时间，我甚至都没有反应过来，有些慌乱地用沾了油的手暂停了视频播放，又做梦一般地回过头，盯着母亲脸上洋溢着喜悦的笑容看了好几秒，这才反应过来她刚刚说了一个多么令人震撼的好消息。

然后，我想也没想地就放下筷子，直接从桌子边跳了起来，边跳边大声呐喊着："我考上了！我考上了！"

或许是这个举动实在有点"范进中举"的嫌疑，在我跳喊着请母亲和我一起时，母亲一开始是有些迟疑的，后来大约是实在不忍心看我一个人演范进，也开始和我一起在吃饭的一楼大院里跳起来。我不知道这番情形在当时坐在收银台前的老板娘眼中会是多么的怪异与惊奇，我只知道当母亲冷静下来向她解释了我们如此兴奋的缘由之后，她才终于从半身都探出柜台的站姿变回了最初坐在收银台前玩手机的模样。

原来啃得津津有味的鸡腿突然也变得不香了，我们两人都飞奔回楼上的房间开始给家人打电话报喜。亲人、老师、朋友，几乎每一个知道我要备考的高中是哪所的人全都被我与母亲用不同的方式告知了这个好消息。说起来，不过是一个高中而已，本来实在是配不上如此大肆宣传，但我和母亲，甚至于其他知道我要备考国际高中的人都多多少少知道，以我当时的水平能够进入我梦寐以求的学校，运气是其中不可或缺的一部分。这是一件可以称得上是"走运"的好事，我们兴奋地向周围的人宣布喜讯，这似乎就变得顺理成章了。

我和母亲在旅途的后半程又回到了之前去过的玉泉山。民宿依旧是那个民宿，猫仍然是那几只猫，饭菜也是一贯的可口。唯一的区别就是，上次来时我满心忧思，寝食难安，这次归时我喜乐无忧，满面红光。

　　山也仍是那座山。清幽的小道蜿蜒曲折，一路直通山腰上的寺庙。寺庙中香火依旧，游人比上次来时多了一些。我们又去点了一盏长明灯。这一次，依旧是低头叩首，我内心再也寻不到一丝焦躁。只有平和，如清风游走在那充满雾气的湖面，用最柔和的舞蹈轻巧地带走了那蔓延了整片江面的雾。小船上的我终于从船板上坐起，手中不知何时多了一柄船桨。

　　我看到了对岸，那是我要去的地方。

　　小船摇摇晃晃地行进于江面之上，缓慢，却有着明确的方向。

第
二
辑

————

成长旅伴

最早遇到的老师们

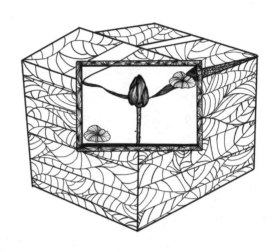

　　记忆中，一年级的时光流逝是飞快的，也许是过去太久了，那些已化作碎片的时光并未在我心中留下太深的印记，甚至于在较长的一段时间内，我都以为我已淡忘了那些稚嫩纯真的时光。

　　直到在升入高中后的军训中，我们被要求学习一套手语操，我方才记起，相似的手语操，我早在小学一年级时就已然学过一次了，而学习这套手语操的初衷是为了一次慈善活动，一次由我一年级的班主任徐老师组织的慈善活动。

　　如今再去回忆，不大能记起徐老师的模样了，只记得她三四十岁，身形圆润，嘴角常挂着一抹温和友善的笑。我记得最真切的只有一点，她是个极热心公益的人。

我小学阶段做过大大小小的公益，其中大部分都是在升入小学后的头两年完成的，且都是徐老师组织、安排、对接的，她对于公益的热爱由此可见一斑。在几次公益活动中，几乎处处都可寻到徐老师的踪迹——向同学们提出公益项目时眼中发光的瞬间；午休时教我们手语操时，汗水滴落额发前；傍晚放学后，留我们排练时被夕阳染红的裙角；正式录制时，紧盯着我们动作的双眼。如此种种一并构成了我记忆中一道独特的多彩的景色。

那是一个秋日，柔和的阳光一如往常，洒落在校园的每一个角落。我被梧桐叶间露出的点点光影迷住了眼，站立于光的世界，久久不愿离去。几缕微风轻拂过我的额发，留下一枚来自秋天的吻。

身后凉风送来一声呼唤，是徐老师，她唤着我们去礼堂准备几日后的正式录制。

操场上，同学们三五成群地打闹着，小小的人儿们逐渐交汇，再合成一股更大的"人流"，伴着笑闹声，向着礼堂的方向，奔流而去。

礼堂里，高处的窗棂被夕阳装点得金光闪闪，夕阳的柔光透过洁净的玻璃，洒在礼堂的木色地板上，围绕在一位面目和蔼的女老师身边。徐老师脸上笑意如常，一如那秋日暖阳，柔和，却有着令人信服的力量。

孩子们正聊得不亦乐乎，只听老师抬手轻拍三下，拍手声毕，孩子们很快便静了下来，偌大一个礼堂，一时只余窗外树叶被风吹拂时发出的"沙沙"声。

老师向孩子们说了些什么，孩子们便都起了身，排成早便练好的队列。打开音乐，老师的目光扫过在音乐中认真表演的每一个孩子，满意地笑得眯起了眼。眉眼弯成了那月牙儿的瞬间，她大约是不会发觉的，台下那么多认真表演的孩子，因为她的笑容，手上动作更认真了几分。时光在一遍又一遍的练习中被按下了快进键，礼堂中的人练习得如此专注，以至于完全没有留意时间的流逝，而窗外天色一点点暗沉，忠实地记录了他们投入的时光。

离开学校时，天上已隐隐有星星在闪烁了。我看着徐老师立于校门口，脸上依然是那柔和温暖的笑容。她目送着孩子们一个个松开与她紧握的手，转而投入父母的怀抱。孩子们满脸笑意地与她挥手道别，然后慢慢消失在夜色中。

接我的外婆来了，我也和别的同学一样，松开徐老师的衣裙衣角，欢快地奔向外婆的自行车，坐上车后座，再笑着与她说了声"明天见"。徐老师挥了挥手，提醒我"路上小心""早点休息"。

记忆中的最后一个画面，是当自行车响着车铃叮叮当当离开校门口，我再回头时，只见路灯下徐老师那被我握得有些皱起的衣裙一角，正被秋日的凉风吹起，飘荡着。

我突然被路灯刺得双目有些疼，泪，好像不自觉地流了下来，就好像有什么东西再也抓不住了似的。

真奇怪，明明，明日还会再见的呀。

　　记忆到此戛然而止。我仍在那片由记忆构成的五彩森林之中，只是手中的梧桐叶变暗了几分，我有些惘然若失地待在原地，脑海中许多原本我以为我已经遗忘了的"小事"，突然再次出现在我面前。

　　我曾是徐老师指认的"队列委员"，在每个排队放学的傍晚，我都会站在她身侧，与她挥手道别。她是我的语文老师，而我作文向来写得不错，她有时也会在同学们面前读我的作文，那时她总会看向我，笑意盈盈。我不曾上过学前班，语文默写成绩总不尽如人意，她那时便会少见地板起面孔，认真地与我说："认字是学语文的根基，你字总写错，以后学句子段落都会更吃力。"她写得一手好看的黑板字，每次上课，她教我们写新字时，总会在黑板上将那个字写上好几遍。我那时便总想着学她写，却怎么都学不像……

　　关于徐老师的回忆的最后，是三四年级时一条不知真假的消息，她去了别的学校教书，不再回来了。

　　那之后，我便再没有见过徐老师。

小学最好的时光

升入三年级后，我们班从班主任到任课老师几乎都换了个遍。大约是因为换了个校区，老师不适宜调动吧——三年级的我一开始是很相信这个原因的。但若再深究下去，这解释其实是很站不住脚的：就算不去讨论两个校部之间步行最多五分钟的距离到底会存在什么调动问题，单就隔壁五班一个老师带到五年级这个无可辩驳的事实，就足以把这个理由粉碎个七七八八了。

不过，作为当时刚刚升入全新的校部，对周围环境和人都不大熟悉的我来说，这么一个站不住脚的理由，几乎成为我说服自己不去思考旁的事物而专心适应新环境的最佳借口。毕竟事已成定局，虽然有些不情愿，但我们所能做的，也就只有收起遗憾，抬腿向前。

好在，转机来得很快。

三年级刚开学，新语文老师兼班主任俞老师便敲定了她语文课的课代表人选——我和另一个男生。

说不震惊是不可能的。事实上，我在小学一二年级的语文成绩向来不甚理想，甚至在班里几次倒数。可能我作文写得还算不错，但也仅仅只是"不错"罢了。更何况，在小学阶段的语文学习中，对"字"的理解与背默占了大部分，而我，对于这些内容的反应似乎总是慢上好几拍。因此，在刚刚升入三年级时，我不仅对自己的语文水平毫无信心，更是有些对语文学习失去兴趣的苗头。

面对这样的一个孩子，就算是现在的我也实在难以"违背良心"说上一句："她一定未来可期。"更不用说选她做自己的课代表了。但俞老师就是这么做了，我至今都不知道原因。

思及此，我仿佛忽地进入了一片缀着点点小花的草地，草地上，轻柔的风声中隐约夹杂着远处孩子们的欢笑和桌椅碰撞的轻响。那风不停地向上盘旋，再盘旋。随着盘旋的风抬头，抬眼间，我好像看到了她。

她站在讲台上，手里拿着一本点名册，就那么平静地报出了两个名字。她就站在那里，任由微风拂过她额角的碎发，任由台下的孩子们发出小声的惊呼，任由我听到被点名时心中扬起惊天骇浪。她就站在那里，仿佛"救世主"。

不，不是仿佛。

在那一刻，她已然成为一个原本自卑的孩子心中，救赎这个孩子于水火之间的神灵。

但那时的我仍是自卑的，对于这个几乎可以用"从天而降"来形容的课代表职位，我一直惶恐不已。心中某个角落总隐隐有一种声音在提醒自己：她选择我只是因为不了解我的成绩有多差罢了，如果让她知道了，她大约再也不会在意我了吧。对新环境的不适应和对怕自己因为成绩不佳而被换掉的担忧交织着，几乎伴随着我度过了一个多月，一直到我迎来了开学后的第一场语文测试。

这只是一场非常普通的单元小测，但或许是因为那令人担忧的声音日日夜夜在我心中最隐秘的地方叫嚣着，让我想关也关不掉，又或许是因为我本来也是同意这种言论的，总之，我在临考前的一段时间几乎完全放弃了语文学习，然后不出意外地在那场考试中拿到了一个非常不理想的成绩。

虽然早有预料，但真正见到成绩的那一刻，我的脑海竟还是空了一瞬。无数种难以言表的情绪在一瞬间涌上心头，我不知为何竟流下泪来。

我只是舍不得已当了数月的语文课代表职位，一定是这样的。

我有些慌乱地擦去了眼角的泪，如是想着。

这并不是我获得过的最差的成绩，但相比于之前那些让我感到愤怒与无力的低分，这次这个并不算太低的成绩却更让我有了一种悲伤与自责的情绪。

我在悲伤什么呢？我有些失神地想着：明明，一切都和我意料中的一样发展，我应该，感到高兴才对呀。

我应该，感到高兴才对……吗？

那节试卷讲评课，我听得浑浑噩噩。终于挨到了下课时分，我见俞老师离开教室后几乎跟了上去，手里还拿着那张成绩不佳的试卷。

我在上行的楼梯口叫住了她，她有些讶异地回过头来，询问我有什么事。

我张了张口，想要发声，声带却仿佛被人狠狠掐住，无法振动一分。

我并不知道我的嗓子为什么会这样，可能，它也知道我并不想放弃我之前从未得到过的，来自老师信任的产物吧。

可是，若这种信任本就不应属于我，那我如今强占着，真的是对的吗？

我不知道。我只知道俞老师见我叫住她却迟迟不说话，眼里已流露出了一丝疑惑的神情，但她并没有接着询问我，只是继续用她那双深邃而包容的眼睛看着我，目光中充满鼓励。

我想，我大约是不能，也不愿辜负她的鼓励的。

所以，我再次张口，有些结巴地向她说："俞老师，那个，我的成绩，就是，很不好，所以，嗯，我想问的是，那个，我是不是不能当语文课代表了？"

说到最后一小句话时，我那原本有些发干的喉咙似乎突然痊愈，飞快地问出了那个早已在我心中徘徊游荡了一个多月的问题。

话说出口的瞬间，我浑身的力气仿佛都被抽空，双脚有些发软地弯了一下，握住楼梯的手指尖有些发白。不过，这些都不重要了。我如今满心只为了寻求一个答案，大脑早已没有工夫去想其他事了。

她依旧盯着我，眼中疑惑更甚。我不知道她在疑惑什么，不过我却也没有时间去思考这个问题了。因为很快，她眉眼弯出了一个好看的弧度，她笑了。

仿佛春天的第一缕微风拂过尚未苏醒的大地，带来无尽的生机与欢愉；又如春日细雨落入满是生机的竹林，柔和无声，却谱下一首又一首名为"生长"的舞曲；也似春日舞会中开得最盛的那一朵花儿，激起无数希望与喜悦。

后面俞老师又说了什么，我有点忘记了。只记得最后我并没有被撤销语文课代表的职务，还有当我伴随着上课铃走入班级时，我的嘴角上挂着的，也是抑制不住的笑容。

再之后的故事便有些乏善可陈了，如所有人都能想到的那样，那个被"神明"眷顾的孩子奋发图强，努力向上，最终攀到了一个可以大胆注视"神明"的位置，成为他人眼中"很优秀"的那一群人中的一员。如果这是一个故事，我想它大约会停留在那个孩子站在草坪中央，被掌声与欢呼围绕着，唇角带笑地望向她的"神明"的那刻。自此，故事中的每个人都拥有了自己想要的人生。

可这里不是故事，这里是现实。现实不存在以时间为终点的结局，那个孩子的"神明"也并不能永伴她身侧，"神明"是她的老师，她们必然要分离的。

比即将分离的事实更糟糕的是，当那个孩子真正意识到这件事时，她已经升入五年级了。

随着年龄的增长，孩子们的见识也逐渐增加。当我明白从五年级升入六年级不仅意味着校部转换的时候，分离也近在咫尺了。

我不知如何形容得知别离到来时我心中的感觉，但那种情绪至今仍深深地刻印在我的心中。我记得那是一个有些阴沉的天，身边不时有带着凉意的微风拂过，带起操场一侧的树叶发出"沙沙"的低语。

耳畔似有说话声。那声音撕心裂肺，声泪俱下地控诉着风的无情。她说风带走了她的欣喜与难过、平静与愤怒、渴望与失望。她说风偷走了时光，窃去了梦想，抢走了愿望。她说风把想见的人遗落在时间道路两旁，让人只能抱着过去苦苦张望。她说她不想让风带走，可风已然把她带离当下时光……

那声音逐渐小了，而我也在人声散去后睁开了双眼，面前还是那片草坪，点点小花在满目的绿色中随风舞蹈。远处的孩童嬉闹声已然散去，唯一不变的，只有我的身侧，那无时无刻不在吹拂的风。

这大约就是这段故事的终结了吧。

我想我应当是悲伤的，因为我的双手茫然长久地悬于空中，恍然想要抓住什么。

我想抓住什么？我能抓住什么？我不知道，也无法知道。那无时无刻不在吹拂的风温和地从我伸出的每一根手指间溜过，除却一些清凉的安抚，从来也不曾留下什么。

我想我应该是喜悦的，因为我的双腿已在看到眼前绿色的第一时间，就迈向了前方。

那里会有什么？路上会遇到什么？我不知道，也无须知道。我只知道，过往为我铺就了前进的道路，所以只要在路上，就永远会有与过往再次见面的时候，只不过再见面时，我们都会变成更好的模样。

光明从地平线处蔓延上大地，而我如今走向的，便是光明发出的地方。

成长中的引路人

　　坦诚说来，我在小学时对于师长的态度，应当是恭敬崇拜多于认可理解的。不论年龄几何，在面对不论是年龄还是阅历都比自己高上太多的长辈时，展露出最真诚的恭敬显然是非常有必要的。至于理解，作为一个对于世事理解都不算成熟透彻的孩子，让小学时期的我去理解老师课上耳提面命无数遍强调的好好学习的作用，实在过于勉强了。不过，待到年龄稍长，小小的孩子也逐渐对"未来"有了自己的定义。于是，谆谆教诲终于被理解了意义，老师的苦口婆心也终于在心中留下了一席之地，在这花蕾初长成的年岁里，师长的印记也变得格外清晰。

我们学校是九年一贯学制，学生从一年级入学直至初三毕业，如果不出意外的话都会在这一所学校里就读。这就意味着，对于部分学校学生来说可能很重要的小升初考试，在我校学生这里的价值几乎与一场普通的期末考无异。在我的记忆里，同学们在六年级时鲜有真的砸进去大把时间准备小升初考试的。因为小升初考试不重要，所以我们比别校学生平白多出了近一个学期的小升初考试复习时间，这段日子，便自然而然地被用来提前学习初一的知识了。所以，我们的六年级校部，是和初中部在一处的。

也不知是幸还是不幸，在初中部时我们班的老师换得格外勤。认真算下来，平均一个学年便会更换至少一个主课的任课老师。六年级时的英语和科学老师都只教了我们一整年，初一时的科学老师只教了我们一个学期，之后英语和科学老师倒是没有再变动，不过陪伴了我们三年的社会老师在初二教完我们后，就去教另外两个班了。这么算下来，从六年级一直陪伴我们至毕业的，竟然只有班主任和语文老师两位了。

班主任兼任数学老师，是一位温和幽默的男老师，姓赵。他生得高大，身形极有压迫感，说话声音也响如洪钟。平日里他却是个能和学生打成一片的性子，有时候还会在课堂上开一些小玩笑，在全班都笑起来之后，又能很快地将课堂的重心重新转移回那颇有些枯燥的教学内容上。按他的话说，这样同学们就不容易因为长篇累牍且难以理解的知识点而在数学课上感到困倦了。作为一个数学能力不佳的孩子，我深以为然。

　　曾经数学课对于我来说总是十分困难的，不知从什么时候开始，那些复杂又烦琐的函数、图形在我眼中似乎总能够在片刻之间就化为一团白色的浓雾，它们会钻出黑板，在我的身前跳奇异的舞蹈，使我的注意力全被它们吸引了去，不再继续思考它们原本要表示的意思。每当那时候，我都会想，我可能确实是一个悟性不大好的孩子吧，若不然，我怎么会连老师在黑板上写下的短短几行证明过程，都要花费比旁人更多的时间去解。而这个观点似乎又给我套上了一个全新的枷锁，使我在面对可以解出来的题目时也自然而然地畏首畏尾，生怕自己在某个未曾察觉的地方又出了一些天大的错漏。于是，日积月累地，我的数学成绩越来越差，卷子上的红叉越来越多，我几乎完全忘记，我曾经也是一个数学考试连拿三次全班第一的孩子。

　　改变是从什么时候开始的呢？似乎是在六年级第一堂数学课上，当那 PPT 中黑色的线条又一次即将在我眼前化作一团时，赵老师以那极具穿透力的声音用极为风趣的方式，点了我身边一位同学来回答问题。那声音落下，激起了周围好几阵轻盈的笑声，那些声音在我耳畔交融，带着不容置疑的力度，将那在我眼前刚有些混乱的苗头的图像再一次牢牢钉回了它们原本应该待着的位置。我凝神去看，伴随着身旁同学略有些磕巴的解题声，白板上那些黑色的线段逐渐在我眼前浮现，分解，一条条辅助线于虚空中浮现，一个个角度符号凝结在眼前，同学的讲解已然接近尾声，伴随着赵老师的一声"请坐",我的眼前出现了一个完整的题目解法——那些文字并非来自PPT,而是来自我刚刚不自觉握住的笔尖。

我想,我应该是听懂了这道题。

在数学老师的身份之外,赵老师也是一个非常尽职尽责的班主任。他对于同学们的生活总是非常关注,也很善于解决在日常生活中发生的各种意外事件。他可以用严肃的神情收起我班男同学在校内售卖的小水枪和各色卡片,也可以用温和的语气告诫这件事的主谋,学校是学习的地方,并非顾客恒定的卖场。他很喜欢拍照,平日里值日值周、班级内大扫除、晨会上的表演、运动会上的风姿……几乎每一个我们学习生活中曾闪过的片段,都有过他举起手机认真对焦的身影。

他有时也会给我们看看他抓拍到的我们的丑照,这些照片大都角度清奇,被拍摄者的神情也总是千奇百怪。这些照片数量不少,拍摄环境更是丰富多样,教室走廊自不必说,礼堂和操场也是其中重要场所,更令我震惊的是,他竟然会有我们春秋游时各个分散的小组的一些搞怪照片。我一直很好奇他到底从哪里抓来了这么多我们的"黑历史",问他时他总是笑而不语,想叫他删去,他又总是以一副极为宝贝的模样拿回手机,说一些"这都是珍贵的回忆"之类的话。在九年级的教师节,我们班由班长牵头,全班每人印了一张班主任的大头照,在上面写上了自己想对老师说的话,收集起来作为教师节礼物送给了赵老师。我猜想,他看到这样一份充满了同学爱意的作品,一定会非常高兴。

与数学老师一样，我们在初中校部的语文老师也是一位温和的人。但除此之外，她与数学老师可以说完全不同。数学老师出身东北，身形高大声如洪钟；语文老师却是典型的江南女子模样，体型纤细，个子不高，说话时声音也是轻柔的，如一阵清风拂过你的耳畔。比较巧合的是，两位老师姓氏相同。为了更好地区分他们，我班同学一般在称呼他们之前，都会先加上他们的性别或是所教授的学科，当然，还有一种更为便利的方式，直接称呼数学老师为"班主任"，而语文老师，则是"年级组长"。不过，因为这种称呼实在是太过于官方且奇怪，我们一般还是喜欢直接在老师名字前加上其所教授的科目。所以在这里，我便也这么称呼语文赵老师了。

我对于语文赵老师最初的印象，是在学期开始不久，她让我们每天写一篇随笔的时候。写随笔，本身的寓意是很好的。一来可以锻炼学生的写作能力，二来可以加强学生对周围环境中特殊事件的感知力，三来，在作业没有那么多的时候，也可以让学生用更多的时间体会写作的美妙，怎么算起来，都是一个极好的练习任务。只是，当时的我们都是刚从五年级升入初中部的孩子，心智全然没有发育完全到可以理解其中那些复杂的意味，面对突然当头砸下的每天至少两百字小作文的任务，心中除了不满便只剩下不解。所以，不出意外地，任务刚被提出，教室中就是一片细碎的讨论声，我无意去探求他们在讨论些什么，但也可以听到身侧有好些同学都在轻声议论："这怎么写啊，每天一篇，流水账都不够它凑的吧。"

我并没有参与讨论，相反，因为在小学时打下的对于写作浓厚的兴趣，我对于这每日一篇的随笔并不抵触，甚至因为可以多一个练习写作的机会而隐隐有些高兴，毕竟，我的自控能力实在算不上出众，若是让我自行去写，恐怕很难做到每天一篇。可是，那种兴奋的情绪很快便消失了。在接连写了一整周的随记以后，我对于周围生活的新鲜劲儿也已经过了大半，身边的日子如那窗外的竹影般枯燥而重复，五年级时无比期待的生活在真正体验过后却也只能感叹不过尔尔，我对于周围事物的感知逐渐钝化，我的笔尖流出的也不再是欣喜与欢愉。简而言之，我的随笔失去灵感了。可是学校的随笔本身并不会刻意命题，这意味着，除非抄袭或是去求一个命题，失去灵感的我根本无法很好地完成这项作业。可那两项可选的备用选项，我哪一个都不想启用。于是，在那天写作业时，我做出了一个非常大胆的决定：我将自己创作的微小说作为随笔，交了上去。

我本以为老师会对我这样偏离初心的作业颇有微词，却不承想，当那天作业本发下来之后，老师只是在其后打上了属于整个作业的评分，优。我有些不太理解老师的意思，遂在下课后找了她，令我没想到的是，她肯定了我写作的内容，甚至鼓励我再多写一些。我受宠若惊，兴奋地向她讲述了我所写内容的寓意和我对于写这些富有想象力的小东西的喜爱。她全程温和地听着，末了，再一次肯定了我的想法，同时也告诉我，在陷入想象的同时，切莫忘记了注意生活本身的美好。

与这句话意思相同的话，在接下来的四年中，我又听了许多次。在她的默许下，我的随笔变成了我一切脑洞与想法落地之初的摇篮，随笔中写满了各种奇异的世界与形形色色的人，他们在我的笔尖相聚，别离，体会着人生百态，感受着爱恨死生。我记得我写过孟婆汤的烹煮方法，写过摩天大楼的建造目标，写过侦探解出的谜底竟是自己，写过歌谣的背后藏着的秘密。我写得尽兴，也从不担心是否有人在意。那些五花八门的随笔，总是能够在交上去之后，得到她的回应。她会仔细地圈出我文本中的每一个错别字，在一些剧情桥段旁写下她对于剧情的理解和疑问，也会贴心地为我提供改善的建议。每一次作业都变成了一场神奇的作品分享会，她那用红笔写就的一行行字迹，成了我写作过程中最好的改进方向。当然，在很多时候，她都会在作业的最后附上一行话：可以多注意一些生活中的事情。

我其实不知她对于我这样"不务正业"的学生保有一种怎样的看法，正如我并不知道以我浅薄阅历写就的稚嫩作品在她眼中是否与孩童无知碎语无异。但她所给予我的那些回复，确实在很大程度上激励了我对文字的热爱，在写随笔的过程中，这场奇妙的互动仿佛告诉了我，在任何破碎或坚定的时刻，我都有文字可以依赖。所以，我无畏地继续做着我爱做的事。

只是，正如她所说，我对于生活的关注总是很少。我似乎一直对身边发生了什么不是很在意，许是因为在那虚幻的世界中待了太久，将一切激烈的、强势的、破碎的事物全都视为其最正常的模样，我实在是很难对身边的事物有什么太强烈的关注了。我的同窗好友，可以将一朵盛放的山茶花写得生机勃勃、充满生的希望，将一个午后的居民区写得丰富而美丽，叫人犹如身临其境。而我，耳朵捕捉着山间的风，眼睛品味着山巅的云，双手被初升的阳光温暖，双目被梦境蒙盖。我感受着幻梦，却忘却了现实。可人生不能只有幻梦，以现实为基石的梦，才会更为美好和长远。

在又一次被赵老师劝说后，我终于尝试着拿起笔，开始用虔诚的态度去欣赏四周的景色。这件事对于已投入自己的世界很久的我来说，并非易事，更何况，那时我已升入九年级，学业也并不轻松。我艰难地从自己的"壳子"里钻出身子来，瞧着周围的微风与雨露，然后将它们记录于笔端。它们并不如我幻想中的那些景色，拥有着最极致的美好与绚烂，但它们依然是美的，是纯洁的，是令人神往的。我将它们一一付诸笔端，兴奋地向赵老师展示着我的发现。她则仍然用她一贯的温和语调在我的文本后面给出批复，向我描述着她眼中这些事物的美妙。在九年级下学期极为繁忙的时刻，我依然没有放弃写作，只是那时，这场交互带给我的意义与之前又完全不同。一来一回的纸张成为那些成长中最好的倾诉场所，我在随笔中袒露对于深夜学习的苦痛感受，对于前途的迷茫不安，对于生活环境的依依不舍。随笔本变成了信笺，赵老师总是能够用她温柔的回复轻而易举地就将我的内心抽丝剥茧，使成长的不解与迷茫在片刻之间消散不见，我合上本子，便可重获力量，继续向前。

赵老师仿佛一个点灯人，守在一条长长的道路前，而我便是一个无根的旅行者，带着小小的蜡烛行走于夜的世界。我怀着不安走到这条漆黑的路的一端，小心翼翼地向她展示我所剩无几的火焰，她却对我展露了笑颜，领着我踏上这条漆黑的路。一路上，她在前面点着温暖的灯，我在后面认真地学习着她点灯的动作。在这条道路的尽头，她挥手与我道别，我惊慌无措，想着自己只剩下些许火焰，前路却依旧满是危险。我回头，却见她提给我一盏灯，再一次对我展露了笑颜。

"你该自己走接下来的路了。"

她说。

我垂眸，看见了手里的灯正散发出温暖的点点光晕。

我知道，这盏灯可以陪我走很远很远。

我也知道，即使这灯光再次熄灭，我也会拥有新的火种，来继续行走于这无边的黑夜。

那么，再会了。

我看见她对我挥了挥手，神情一如从前。

然后，她转身，头也不回地走回了那条被暖黄光晕点亮的街。

而我，也必须继续向前，走向属于我自己的世界。

蓝胖子中队

　　因为我们学校的校部特殊分布规则，我与小学时的同班同学共同经历了两个校部，一起度过了五年时光。在三年级时，我们每个班级都需要以动漫为主题，为班级取名，而我们班选择了动漫人物"哆啦A梦"，因此，这个存在了五年的班级在我的记忆中有一个更为响亮的名字——"蓝胖子中队"。

　　对于小学一、二年级时同窗的记忆，并没有留存许多。许是因为那些骄阳明媚的日子中，盛满了无数重复的画面和枯燥的蝉鸣吧。

　　如今再去回想二年级的时光，记忆中所剩无几的画面中，多半都是那扎着马尾的小姑娘站在教学楼三层的走廊上，踮起脚尖，小心翼翼地把头伸出楼层，好奇地观察着楼下那些一年级小朋友的动向。

　　这或许就是那时的我在枯燥而重复的二年级生活中，最感兴趣的事情之一了。

　　我们学校有三个校部，学生较多的小学阶段被分在两个校部中，一、二年级所在的是面积最小的校部，升至三年级，大家便收拾好东西，背上书包去隔了一条街的另一个校部学习。

因为这种特殊的学生分配机制，升至二年级的我们便成功地成为在同一校部中除去老师外年级最高的存在——虽然也就仅仅比新升入小学的一年级同学大上一岁而已。这种奇异的"年长感"对于孩子们似乎有着致命的吸引力，以至于那些在两个月前还整日啼哭的孩子在一瞬之间就长成了可以安慰在校门口因为不想上学而哭泣的一年级新生。老师们似乎也很熟悉这种身份转变所拥有的神奇魔力，在我们升入二年级的第一天，班主任便在讲台上恭喜我们成功成为这个校部中的"学长学姐"，并认真地提醒我们要注意给学弟学妹做好榜样。

从现在的视角去看，这种"学长学姐"的扮演游戏似乎颇有些可笑，八岁的小朋友似乎并不能对比他小一岁的小朋友起到什么非常好的带头作用。但在当时，作为一个从未被人赋予过除了"学习"以外的任何责任的孩子，当听说自己可以作为另一群人的榜样的时候，那种自豪和激动几乎在片刻之间就已涌出了身体。那是一种几乎下意识的，对自己被信任的满足。

所以，几乎是在老师说出那句话的同时，我自然地挺起了胸脯，并收起了腿，努力使自己的坐姿更端正些。这些动作许多都是在大脑还没反应过来时完成的，当大脑终于意识到身体做了什么的时候，我已坐得笔挺，看起来非常严肃地听着老师讲述新的学期我们要做的事情了。

严格来说，二年级与一年级之间只隔了一层楼。但因为教学楼第二层是一年级的五六班和二年级的五六班，而二年级的五六班正上方，是二年级的一二班。所以作为二年级一班的孩子，我能和一年级的孩子们见面的机会并不多，最多也就是放学时的匆匆一瞥，加上每周晨会时在全校集合的场合下远远地看过几眼而已。

但孩子的好奇心是不会被这寥寥几面满足的。一年的朝夕相处使得一年级的同学之间早已不算陌生，而人对于新生事物的好奇与兴趣，总是远远多过已然熟识的事物的。因而更多的时候，我会在课间站在比我还高上一些的护栏旁边，用力地踮起脚尖，试图从栏杆的缝隙中观察到楼下操场上玩耍的一年级小朋友们的模样。这种攀爬是很累人的，我通常还没来得及看清楚楼下一局"跳房子"的赢家是谁，双脚就已酸痛不堪，额上渗出的汗水也在无声地呼喊着，叫我快些回到舒适的座位上，给身体放个假。

或许是课间的十分钟还是太过短暂，直到我的二年级生活快要结束，我仍然对于楼下操场上那群做着游戏的孩子有着超乎寻常的好奇。但近在眼前的成长使我不再有更多时间去关注他们了，或许那是我第一次模模糊糊地意识到，离开是一个每时每刻都在减少的倒计时。

或许，时光便是成长过程中所必须丢弃的部分吧。

三至五年级的时光似乎流逝得格外缓慢。幼年时对成为一个大人的渴望在逐渐了解他们世界的规则后逐渐褪去，当周身所附的那层名为幻想的泡沫逐渐消退，我们举目四望，才发觉脚底所踩的从来不是平地。时间是一个巨大的、宛若传送带般的机器，我们无论多么希望留在原地，也只能将记忆深埋心底。启程是一个无法反对的决议，人生如逆旅，与旁人的相遇必然意味着别离。我们逐渐发现，身处的赛道上的选手其实只有自己，惊而四顾，发现那原本宽阔无比的大道尽头，已经清晰可见无数条小道交错分离。

于是，那群最初认为岁月无限长的孩子，开始去珍惜此刻同行的伙伴。那原本一下课就四散各自玩耍的同学逐渐习惯了在教室中互动玩耍；那原本加油声寥寥的运动会看台上传出了此起彼伏的"加油"声；那原本对彼此有些误会的女生憋红了脸，最终起身将另一位女生拉到角落解开了两人的误会；那原本闹哄哄的自习课上，多了不少埋头学习的身影和低声讨论的场景。

除了这些，还有为了在年级跳大绳比赛中拔得头筹，而想要抓紧课间十分钟去训练，在下课铃响后飞奔下楼的那一道道身影；因为下雨天无法在露天操场长跑，改为在走廊上跳操而兴奋不已的那一张张愉快的笑脸；提前完成了当日回家作业，从而被批准进入班级后方的小阅览室的一个个"幸运儿"。

"二百五十六！"教室里的众人高声喊着，庆祝少年又一次打破了那个由他自己创立的年级踢毽子纪录。

"二百五十六！"少年脸上洋溢着自豪而得意的笑容，他弯腰拾起身旁的毽子，高高举过了头顶。这一刻，他似乎获得了这个世界最高的荣誉。

没有人会怀疑他此刻所获得的殊荣，甚至他的身边也有光芒为他加冕，他手中的毽子羽毛尖在金色的光芒中微微颤动，仿若一只破茧的蝶。

他的身前，教室里的同学们脸上写满惊叹；他的身后，带着温和笑容的班主任率先带头鼓起了掌。掌声很快响彻整个班级，再之后是整个走廊，最后，来到了我的心头。

离开小学后，每当我想起那个曾一同度过五年的班级，我的眼前便总会浮现出一片柔和的暖橘色的光芒，再之后，我的耳畔便会响起那久久未曾停息的掌声。在那个名字中带着蓝白的班级里，我的少年时代，闪烁着太阳的光芒。

我们曾同窗

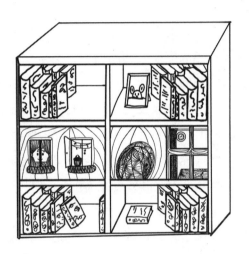

初中时的同学，在毕业后便如浪花一般散入人海了。虽说依旧都在同一个城市，但城市中每天有数以万计的行人，与一个熟悉的人不期而遇，实在是一件太过玄幻而奢侈的事情。

所以，当"再见"说出口的时候，再见，就已成为奢望了。

好在，曾经在初中时结交的好友并没有走散，正如我们相约的那样，我们在毕业之后依旧联系紧密，互动聊天从不断信。我们仿佛在初中的四年互相渗透进了对方的生活里，我们谈天说地，我们对彼此深信不疑。我们称这种情感为"友谊"。

初中时的班级是一个充满了情谊的地方，班级氛围是很好的。同学们互相竞争着学习，彼此竞争又彼此鼓励，互相支撑着、竞赛着，成绩也就逐渐攀升了上去。忘了从何处听来的言论了，它说一个好的队友应当是你最好的对手。这句话在我们班级的竞争氛围中，得到了极好的证实。

同学之间总是有很多奇奇怪怪的竞争。从基本的方面来说，不同成绩段之间的同学们竞争都是非常激烈的。班级中成绩最好的几位永远在各科第一名的位置上来回争夺，胜者总是兴奋地表示要再做几道提高题，败者则揪着个位数的分差悲愤地大喊着"差之毫厘，失之千里"。在他们之后，是一群成绩同样非常优异的同学，他们的竞争大多体现于个别题目的得分之上，语文看阅读，英语对作文，科学计算分高下，数学难题见真章。这种竞争发生的时候，他们总会围成一圈，认真地举着各自的卷子或练习册，激烈地探讨着某道题的解法是否合适，或是阅读理解这边这分到底是擦到了答案的边，还是与答案完全在两个方向上。这种竞争进行到白热化阶段，其中就会有一个人大声道："行了，找专业的人来定夺吧。"然后最开始的那几位成绩极佳的同学便会被迫拉入战场，作为裁判员来给这场战局定一个胜负。

再往下些呢，同学之间的竞争就不大费脑子了。成绩中等段位的同学之间竞争非常纯粹，看一眼你的分数，再看一眼我的，几番对比之下，对于自己这次考试的水平和成绩排名自然就有了大概的了解。这些同学大都不会去参与什么辩论，但有时候若是看见一位曾经成绩都比自己低的同学将自己反超，抑或是自己拿到了一个闻所未闻的超低分，他们也会互相拿着卷子精心比较，好确认自己这番到底是哪里出了问题。至于那些成绩较差的同学则更加简单，这一群中，及格的同学就算是一场比赛的胜者，只要拿到超过平均分的数目，便自动默认离开小组评比。当然，这种离开绝对称不上什么遗憾退场，反倒是一件需要高兴地向全世界宣布的大好事——漫长的学习终于起了成效，成绩的增长成为最好的荣誉勋章。

当然了，在这些多少弥漫着火药味的评比之外，也有更多温和友好的部分存在。

每次考试结束后，成绩最好的那一群总是会在最短的时间内就通过彼此交流得出正确答案，有时甚至在老师发卷之前就已经全部推算出来。这种时候，发卷便不再是什么让人惊讶的"惊吓挑战"，而是对于自己推演的一场简单论证。拿到卷子后，看见自己早就知晓的错误之所在，再将对答案时确定下来的内容重新写回订正区，便可以安静地坐在座位上听老师讲卷子，顺便验证自己的订正是否正确了。一般情况下，单数学这一门学科而言，他们的答案，正确率都高得离谱，几乎都能做到在老师讲到那道题之前，就把正确的答案订正好，题目实在是过于难的，也会通过询问老师的方式，半问半做地，群策群力猜出答案。科学和英语的情况也类似，只不过英语的写作题不确定性很高，除了大致框架外便没有办法再进行细化，科学的问答题对于答题技巧要求很高，有时可能会出现一不小心就丢了分的情况，他们便也不敢太过绝对。至于语文，虽然这一门的简答题多到根本无法确定基础分数，但选择和填空还是可以精准定位的，单凭这一些，倒也可以简略估算一下得分。

因为成绩最好的那一群同学几乎是早早就获得了答案，本身也不大需要订正很多，所以在课上给准备的订正时间和自习课时间，那些成绩中游的同学，比如我，有些做不出来的题，便会去寻他们，以求一个解答。难得的是，班里这些成绩上游的同学都没有什么架子，几乎是有问必答，甚至对于一些很基础的问题也可以极有耐心地讲解两三遍，直到同学完全听懂为止。各科老师都有很多事情要去做，在他们因为批改订正忙得焦头烂额的时候，这些温和友好还能细心答疑解惑的同学身边，便也会围上一群想要问问题的同学，此时若是在教室外看去，便可见讲台上有一圈人，教室的下面几个位置边又分别围着一圈人，所有人都拿着雪白的本子或卷子，上面满是对知识的向往与渴求，如此盛况，堪称我班一大奇观。

当然，也不是所有人都对直接询问问题答案有兴趣的。更多时候，那些班级中成绩在前三到前七徘徊的同学，都会在成绩下发后，找一个与自己成绩相仿的同学，互相比对着将绝大部分的错题做出来，然后一同去探索两人都做错的题目。这么一来，原本熟悉的题目就更加熟练，原本不熟悉的也能学会个七七八八，顺便增加了独立学习的能力，还能收获一份独属于"题搭子"的友谊，一举多得，极为高效。当然，这种学习方式也有一定的局限性，譬如你必须拥有很强的独立学习能力。我也曾尝试过这样去学习，但一张数学卷最后一个大题的最后一个小题，我与同伴探讨了整整三个课间，却依然没有什么头绪。到最后，还是得去向成绩更好一些的同学求教。

中等水平的同学将题目弄懂后，大都会自觉承担起下一个责任——给水平更低一些的同学讲题。这种规律并非被要求的，而更像是一种自然而然的逐层递减。成绩好的同学向中等的同学讲题，讲的是做题逻辑，解题方法，顺便帮助他们回顾一下他们不那么熟悉的概念和公式，这些东西中等水平的同学并非全然不知，只是因为练习不够或水平不足所以没有做题的感觉罢了，经过更熟练的人一点拨，他们对于题目有了新的看法与见解，题自然也就解出来了。而成绩更好的同学在此过程中，通过讲题可以归纳总结解题思路，也能回顾一下知识点，实在是一项双赢的活动。可水平更低一些的同学，多半在对知识点的掌握上出现了一些问题，而不是在题目理解上出问题，这就需要仔仔细细将其中的内容掰开揉碎了向他们讲述，这项活动几乎等同于背诵基础概念并阐述其实际应用，于高水平的同学来说无法有效帮助其增进学习能力，只是浪费时间。可对于中等水平的同学而言，这个活动不仅可以帮助同学们理解一些课堂上没有讲清楚的知识点，在将知识点与题目融合起来的过程中，也可以很好地锻炼讲题同学自己对于概念的应用与掌握。换言之，又是一个双赢的活动。

当然，在中等水平的同学们还没有完全掌握题目的解题逻辑和正确答案的时候，那些成绩更差一些的同学们也会聚在一起讨论一些基础问题的解决方法，譬如数学与科学的基本概念，英语的基础语法，语文的古诗词背默，等等。在这个过程中，对于底层知识点的记忆被一次次地通过看、听、读不断加深，对于这些内容的掌握便也越发熟练，而将最基础的内容牢牢掌握，自然也就为后面更深层次的使用铺下了良好的基础。

总而言之，在每一次考试或作业之后，班级中都会自然而然地形成一条从上至下的知识教授传递链，在链条中的每个人都做到了尽自己最大的努力去提升自己与他人，整条链环环相扣，互相影响，彼此共进。除此之外，在这条链条之外的，是一个出于"随时可咨询状态"的老师。不论何时，不论何故，不论何人，只要有疑问，都可以随时去办公室或是教室前端询问老师，这是整条链条开始的基础，也是链条运营中必不可少的一环。在这样全员参与的学习风气中，我们班级的成绩以一种极为稳定的速度步步上升，班级同学的凝聚力也在过程中得到了极好的增强。

当然，除了在学习上"内卷"，在日常生活当中，班级的同学则体现出一种奇异的融合状态。在很长一段时间内，我对于班级中同学在集体活动中体现出的面貌都有一个听上去有些奇怪的评价："我班同学在活动中对创意最大的贡献，就是放弃贡献创意。"当然这并非意味着我们没有办法想出好的创意，只是就整体局面而言，一些例如在板报的最后想标注一下制作者姓名结果变成抽象文字创作大会，在班级活动上开"狼人杀"游戏对着"狼人"的座位问"你要攻击谁"，在重要活动排练前决定先去躺一会儿之类的奇异行为，在这四年的学校生活中，实在是太过平常了。

这些点子的发明，起因通常是学校又有了一个新活动，班主任决定放权让我们自己组织，然后一群同学便坐在一起开始认真地探讨节目要求。但是聊着聊着，大家就会发现自己按照要求所陈述出来的这些点子，要么是之前已经做过，要么是已经被别人做过了。于是，大家便开始在脑海中将之前所提出的想法一一否定，感叹它们实在是太过无趣和呆板。可是，这种话总是不大好意思直接说出来的，所以现实中的情况大概就是，在大家按照节目要求认真地讨论了一会儿之后，场面突然便陷入一种令人窒息的宁静，众人纷纷面面相觑，彼此对望着眨眼睛。这种时候，通常就需要一位同学在认真观察了四周众人的反应之后，主动开口打破僵局，说一些类似"感觉这些想法都已经被用过了，要不我们再想一些创新一点的想法"之类的话，将讨论桌旁的气氛再次带回想象的空间，之后众人便再一次投入新一轮的设想，只不过这一轮所产出的东西，大都是富有创新精神，但不大方便抬上舞台的想法了。

当然，也不是所有的想法都源自这种"由上至下"的探讨会，有些时候，我们的想法也可能来自某个想法的实现过程之中。

六年级时，我们在新校部迎来了第一场元旦庆典。庆典会在元旦放假前最后一天的下午在学校内举行，届时全校部的师生都会观看。庆典要求六年级每班都要出一个节目，可能是出于对我们自主意识的锻炼吧，班主任在接到了这个任务后，在班级中传达了节目要求，就让我们自行决定要表演的内容了。

对于节目表演内容的争议几乎在一堂课之内就解决了，我们最终决定将班级同学分成四组，每组都表演一小段舞蹈。每个舞蹈片段都只有几十秒，按理说没什么困难的，可班里同学绝大部分都没有舞蹈基础，加上平时也没有时间进行全员排练，待到离正式表演还有四天，班主任带我们去了音乐老师处检查完成成果时，在我们全班以极为粗糙的方式表演完节目后，音乐老师深深地叹了一口气，对着班主任说："我这几天也看了不少你们年级的表演，这应该是最不熟练的一个。"节目失败的预兆一瞬间就笼罩在了当时正蹲在地上听评价的我们身上。当然，从更严谨一些的角度出发，这个征兆大约在当初根据同学们的意愿分完组，结果发现有些组六个人里面凑不出一个学过跳舞的人的时候，就已然出现了，只是我们一直选择性地忽略了它罢了。

当终于意识到这个问题的严重性时，我们依然蹲在地上，身侧两位老师的谈话已经进行到了隔壁班的节目是多么的流畅，相对比之下我们班的节目看起来就没经过什么配合练习云云。我听到了我身边一位同学的轻叹，我抬起视线，瞬间与她对视，我们两人的眼神在一瞬间透露出了一句相同的感叹："太丢人了。"她张了张口，好像还想说些什么，但音乐老师此刻已经在招呼着我们起身，继续练习了，她遂再次将口闭上了。直到二十分钟后，音乐老师教完了我们这两组，转而去调整剩下两组的舞台状态时，她才终于再次开口："等到时候，我们戴着口罩上场吧。"

那是新冠疫情还未到来的时候。彼时的我们不会知道，在接下来的那漫长的时间中，平日里被自己用来遮掩容貌或者耍酷的口罩会成为生存的必备品，戴上口罩成为健康生活的代表之一，摘掉口罩的自由甚至成为梦中的常客。所以，当时的我们在思考了片刻后，就很痛快地通过了这个想法——节目跳得不好没关系，只要大家都看不清我们的模样，那我们跳得怎么样就都与现实中的我们不相干了。

不管怎么说，节目还是要表演的，舞也是必须要跳的。在最后四天音乐老师的紧急补习，和班主任抛掉班会课和自习课不要，全部用来练舞的庞大练习量之下，在最终表演之前，我们的节目总算有了个正经节目的样子。

在正式上台表演的时候，我们没有戴口罩。次要原因是，我们的节目已经比较完整，各位的表演水平也终于到了即使被拿出去也不算一个特别严重的"黑历史"的程度了。主要原因是，班主任强烈反对我们戴着口罩上台表演。虽然我们个别同学实在是很不想被台下同学认出来，但是班主任的要求还是要听的，所以大家最终还是老老实实摘下了口罩。

元旦晚会是在礼堂举行的，因为礼堂地方有限，只有六年级的同学可以坐在现场，其余年级的同学除了表演节目的，都需待在自己的班级中观看现场直播。所以当我们班站上舞

　　台表演时，台下除了一群相熟的同年级同学，就是一个巨大的，有着一只黝黑的"眼睛"的摄像机。站在舞台上的每一刻，我都十分紧张，生怕自己哪个动作做错成了笑柄，也怕那冷漠的机器录下了我奇怪的神情。节目全程我紧盯舞台对面的墙壁，没敢看台下观众和摄像机一眼，直到最后谢幕的时候，我高高悬起的一颗心才终于放下。挽着身旁的好友以最快的速度从最近的楼梯处走下舞台时，我突然又有一股回头的冲动。

　　回首，舞台前端的顶光照射在尚未完全走下台的同学身上，使他们周身散发着一圈淡淡的白光。他们彼此笑着，眼中满是掩饰不住的愉悦。

暖阳顺风车

我曾无数次地庆幸，在我所经历过的这十几年的人生里，遇到的人都是友好而善良的人。他们有不同的身份、性别、性格、长相，但他们都拥有着一双澄澈而纯粹的双眸，当他们望向我时，我便可以从其中望见自己——一个澄澈而纯粹的自己。

第一次有"好人"这个概念，还是在上小学之前。那时候我性格比较活泼，整日里仿佛有无限的精力可以去发泄，每日在床垫和沙发上蹦来蹦去，在夏日充溢着空调凉气的房间里依旧汗流浃背地高喊着"好开心"。最初，见到我这般没有安全意识地瞎蹦，家中长辈是很担心的，但是时间久了，他们见我不论蹦得多狠也没受什么伤，对我的看管也就逐渐放宽了一些。从后来发生的事情来看，我不难怀疑，若时间可以倒回，他们应当会在我在沙发上蹦跳的第一时间，就制止我这种鲁莽的娱乐。

事件的发生其实也很简单，某天我依旧按照往常的习惯在沙发上跳来跳去，没有控制好距离，猛地一下跳出了沙发，一头撞在了客厅长方形茶几的一角，瞬间，头破血流。鲜血从脑后涌出的第一瞬间，我并没有什么特别明显的感觉，只是有些迷糊地觉得刚刚头和什么东西相接，发出了"咚"的一声。痛感弥漫上大脑时，家中长辈已向我奔来了。他们面上表情惊恐，火急火燎地抱着脑后已满是血的我就出了门。我当时还没从刚刚的撞击中缓过劲来，所以对自己怎么出门，又怎么被抱着来到小区门口这一段，几乎没有什么记忆了。只记得当我缓过神来的时候，就听到长辈正在着急地讨论，因为一时半会儿打不到车，而等我的父母赶回家来又实在太久。

那位好心人就是在这个时候出现的。正当家中长辈在路口，焦急地拦出租车的时候，一辆轿车停在了他们身前。似乎是车主先发出的是否要帮忙的询问，接着长辈与车主简单讨论了两句，我便被抱着上了车的后座。遗憾的是，因为当时年纪实在太小，我并不记得车主的模样，也不记得当时那辆车的模样了。只记得车子很高，是我从未见过的高，坐上去时，仿佛双脚离地，经历了一次低空的飞翔。初夏的阳光透过玻璃均匀地洒落在车内，我透过前后排之间的间隙看见了逆光的车主，他周身都有一种仿佛被晕染过的金黄光芒，平和，却有一种叫人说不出话来的美丽。是的，美丽。那是一种超越了性别与身份的美丽，它属于纯粹的好意，又超脱于普适的善意。那是一种，让我想要向他深深鞠躬的力量。

从家里到医院不算特别远，几分钟的车程中，车上并没有太多的对话发生，所以很遗憾的是，我连那位好心人的声音也记不起来了。我只记得，当时家中长辈担心我的身体，拜托他开得快一些，他应下后，窗外物体向后退的速度明显加快了许多，但坐在车上的我并没有感受到任何颠簸，一切的变化都是温和而有序的，仿佛我处于这个世界上最为平稳的温室之中。这段旅途实在太过短暂，以至于我无法形容我从他车上被抱下来时，心中到底存了一种怎样的心情，我只知道，在那一瞬间，我期望世间一切的花儿都能够为他而绽放。

将我们送入医院后，好心人便急急地离开了。我也被抱进了急诊的病房。头部的磕伤不算特别严重，缝了几针之后倒也再没出什么大事。只是在那天的匆匆告别之后，我再也没有听见过关于那天的那位好心车主的任何消息。直到如今，我都不知道那位好心人应该如何称呼，也不知道那辆车的车牌号码究竟是多少。最令我遗憾的是，直到如今，我都没有正式地向那位车主道一声谢谢。

我不知道那位好心人是出于何种心态、什么原因选择在那天的那个路口，摇下车窗询问我们是否需要帮助。但他带给我的影响是深远的。那个被光线勾勒出的浅金色光晕总是时常出现在我的眼前，在我遇见可能需要帮助的人的时候，或是可以选择为善的时候。我并不知道他姓甚名谁，所以同样的，当我在力所能及的范围内帮助任何一个人时，我也并不需要留下我的姓名。

当"好心人"成为我们共同的名字时，我想，在某个瞬间，我应当也正在向你靠近。

第三辑

——

成长思索

初雪与春日

初雪

这是 2022 的第一场雪。或者说，这是 2022 年里，我的世界里的第一场雪。

上帝的储盐罐被打翻，细碎而晶莹的盐粒随着孩子们惊喜的欢呼，纷纷扬扬地，为世间万物添上了一分静谧的纯真。

我尽情地徜徉于这片纯真的天地，静享着这份独属于我的，心灵中的宁静幻化而成的，纯白的世界。

树叶已经雪白了，指尖轻触，身侧最低垂的那一处枝头，一片水晶悄然融了一层薄而温柔的冰。

一切都是无声的。

一片雪花停歇在我肩头，在富有纹理的舞台上欢快地舞蹈着，她挥舞着透明的水袖，在台中旋转着，下了一场全新的雪。一场，独属于一片雪花的，欢腾而热烈的雪。

天地之间尽是这般的舞蹈。

我已被那舞蹈深深地迷住了。几乎情不自禁地，我踮起了脚尖。恍惚间，我那身繁重的御寒衣衫化作了透明的水袖衣裙。我自然地舞了起来，双臂的旋转带动了水袖上下翻飞，这一刻，我变作了雪花。

沉重的身体在片刻之间下坠，我随风而起，漂泊徜徉于这片纯白的世界。

身边的一切都在飞速地后退，我在这须臾，乘坐在风的巴士中，穿过了千万年的时光。我仿佛看见，那千万年前的纷纷扬扬的雪景中，一位姑娘从暖和的衣袍中伸出了手，接住了一片雪花。而后，那张因为兴奋而通红的圆润的脸庞上，绽出了一个足以驱逐一切严寒的，满溢着暖意的笑容。

千万年后，那片落于我掌心的雪，在欣喜的惊呼中，悄无声息地回到了它应该存在的时空。只留我手心那一丝冰凉的触感，证明我和千万年前的她曾经在某个时刻交融。

身侧兀地响起清灵的欢笑，是了，雪是天地仁慈的产物，自然不会只垂怜我一个。那些欢乐的跃动，属于这片冬日，也属于组成冬日的每一个生灵。

身侧走过的是几个撑着雨伞的姑娘，她们聊着天，打闹着进了教学楼。雪落在伞上，"沙沙"闹着，嗔怪着那些姑娘实在是太过自私，竟不愿让她们借用一下身上的衣裳，跳一场酝酿了整整一年的舞蹈。

伞上的雪被抖落于地面，片刻便消散了。地面上终是只留下了一摊脆弱的水渍。

我骤然从幻象中惊醒。是了，南方的冬季，雪是难积起来的。不论是在树梢，在叶间，还是在孩子的手掌。这转瞬即逝的特性，却更显出这雪珍稀。

面对这罕见的美好，武断的阻绝，是很没有道理的。

我遂放下了伞，迈着轻快的步伐，跳跃着进入了雪的王国。雪是如想象一般纷纷扬扬，轻盈而温柔地与我相拥。骤然进入冬日的寒冷很快被拥抱的温暖替代，我的身体似拥有了一团柔软的火苗，它不似夏日那般热情，轻柔地暖了我的四肢，吻了我的面颊。我于是更有了继续舞动的力量，我的步伐越发加快了，舞步也越发繁杂，最后，我撞到了一大团雪的怀里。

我与初雪，在这一刻相拥。

春日

意识到我已许久不曾注意过春的景象，是在我与春意外相逢的一个下午。

说来奇怪，虽然我从未刻意躲避过春的存在，但我的确许久不曾与她相见了。记忆中的最后一次春天，还停留在六年级时，学校围墙外偶然探入的一枝桃花。

再之后的日子，冬日和夏日似乎蛮不讲理地瓜分了所有属于春的时间，冬日变得格外漫长，三四月才脱下加绒的外套，几日后夏日便迫不及待地要孩子们穿上短袖了。春日存在的一切印记似乎都被蛮横的手段粗暴地划去了——春雨是夹杂着冬的凛冽砸下的；春风要么带着寒意狠狠地抽在你脸上，要么携着夏的燥热在你身前挑衅；春日的暖阳似乎是被冬的厚厚阴云遮蔽了太久，以至于它将积蓄的热量一股脑儿地全倾倒给了冬日刚刚离开的日子。至于春天那些娇艳欲滴的花儿嘛，那些可怜的孩子在绿意组成的学堂之中待了太久太久，被每天两点一线的生活和繁重的学业折磨得疲惫不堪，恐怕早已忘了花朵的模样了。

总之，那些广为人知的春的习性，并没在那漫长的时间中在我心头留下一丝印记。但似乎我也并没有去想过，那位温和有礼的春姑娘去哪儿了。

直到我与她重逢的那日。

那时我已结束了一天的课业，满心欢喜地走在回寝室的路上，身畔是温和的清风，入目是似水的碧空。几朵纯洁的云懒散着，肆意在空中踱着步；少年们呼朋唤友地向球场走去，声音随风荡漾在整个青春。就在这么一个普普通通的下午，我与她重逢了。

那是回寝最近的一条小道，两旁的空地被平分成了四阶平台。其中一块平台中，绿色的草叶兢兢业业地为校园增添着绿意，四季无休。余下几块却并不这样，在刚刚过去的漫长寒冬中，它们都只是光秃秃的一片，很是枯燥无味的。我也曾好奇过那几片土地的用途，最终却也没得出什么有效的结论，只是觉得光秃秃的土地无趣，习惯了去绕条满是绿意的路回寝室罢了。

直到我与她重逢那日，我心中的一切疑惑才终于解开了。

是花。

红得肆意而洒脱的虞美人，生得清新淡雅的白色雏菊，以及活泼跳脱的不知名蓝色小花，它们各自占据了一阶平台，满满当当的，生得奔放，长得漂亮。

清风仍然不知疲倦地吹拂着，花朵们却并不似草叶那样轻易地便低下了头，而是仍然骄傲地挺立着，只有叶片与花瓣轻轻摇动，于是成片的花丛便伴着时光的韵律自在地舞动，展示它们最为自得的，美丽而短暂的生命。

那画面绝不能说是不震撼的。花朵的生命同春姑娘一般转瞬即逝却绚烂无比，从她们诞生的那一瞬起，生命的长度便已经短到可以用最短暂的单位作为刻度去测量了：或许在下一秒，那盛放的花儿身上便有花瓣落下；或许在下一天，春日的温暖便被夏日的酷热替代。

可她们仍在舞蹈。

春姑娘的舞裙所过之处，一切枯竭、荒芜都被注入生机。僵硬的冻土无法阻碍生命对阳光的向往，坚实的冰层下必定有生机在缓缓流淌。它们永不停歇，它们永不疲倦。

最先顶破冻土的草芽或许并不能活得很久，但总有新芽会因为它所带来的阳光而健壮生长；冰层下的流水或许也会因为热量散尽而变成冰层的一部分，但被它所融化的冰化成的流水，必将融化更多的冰层。而当冻土升温的那一日，当冰层消解的那一日，所有生命，都将获得它自己的新生。

那些花朵也必然会随着春姑娘的再次沉睡而消亡于土壤，可下一个春日，这里仍然会有花朵盛开。

孩子或许会被繁忙的学业或枯燥的生活遮蔽了双眼，可当新的生活到来，她必将再次看见生活中那随处可见的盛开的鲜花。

她们满满当当的，生得奔放，长得漂亮。

生 活 一 角

曾听过一句话，交友观与人生观挂钩。

但我向来是不大有交朋友的习惯的。

在小学时期曾听过一些关于女生的传闻，例如女生会有让同性朋友陪着去做生活中琐碎小事的习惯，又例如女生似乎都会有很多朋友。说实在的，直到如今，我仍然不知这些观点的准确性，实在要深究下去，也只能将其简单粗暴地定义为——刻板印象。

那么就这么称呼这些传闻吧。

第一条刻板印象，在我的日常生活中实在可以称得上是屡见不鲜的。从小学到高中，身边的姑娘们似乎都有一些必须要一起去做的事情，然而，我从未真正理解过她们如此做的理由。

小学时孩子们最多也就是一起上厕所、打水这些小事，于是你便可见一奇观——每到下课时分，饮水机周围和洗手间门口总是围着一群小朋友。但其实很多时候这两项是不需要排队的，你若是想打水或是洗手，直接穿过人群挤进去就是——那些围在周围的孩子，绝大多数都是为了等里面的人完成她们想做的事情，然后再一起穿过步行时间不超过五十秒的走廊，回到班里去的。如果真的有人去问她们，到底为什么一定要找个人一起做这些事情，大约也就只能得到"大家都这样，这样可以证明我们是很好的朋友"一类的答案。可你要真的说愿意浪费课间五分钟时间来陪你打水就能证明她是可以掏心掏肺的伙伴，这结论得的也实在牵强。我想，这大约就是我小学时一直独行，并没有什么特别亲密的朋友的原因吧。

升入初中后，大家可以一起做的事情便多了些。由于我们学校的同学几乎都住在学校附近，所以每天放学后便可以见到许多姑娘携手从校门口走向家的方向。这本没什么不好的，一起回家的人多了，家长甚至还能更放心些。可你真参与后便会发现，这活动是极容易出岔子的。一来，能让一群姑娘走在一起的原因通常不是因为家的方向相同，而是因为她们在学校里是好友。所以很多时候，她们最近的回家路线其实并不相同，这么硬挤到一处，自然延后了她们各自到家的时间。二来，一群彼此熟络的孩子走到一处，你很难相信她们不会去找点什么娱乐。最常见的娱乐方式是吃零食，学校附近小卖部林立，孩子们从来不缺购入小吃的地方，若是一群人一起走，那么情况通常是由一个人牵头进入小卖部，作为"请客"方给一起走的一群人买小吃，然后那一群孩子欢笑着走到必须分别的十字路口，告别后各自打开刚刚得到的零食的包装袋，带着笑开始大快朵颐。在一个"一起回家"的小团体中，这个牵头人总是时常轮换的，于是这么一来二去地，孩子们的零用钱便轻易地见了底。三来，若是碰上回家路途中孩子们聊得过于火热，以致难舍难分的，就会出现一种情况，其中一个孩子主动提出去另一个孩子的家里，两人接着聊。当然，对外的说法通常是"我去同学家写作业啦"。然后一直待到日落时分，肚子饿得咕咕叫后，两人才依依不舍地分别，至于作业，通常也只有分别后才开始动笔。

升入高中，能一起做的事情就更多了些。早晨一起从宿舍出发，但有时约好一起出发的两人并不在同一个寝室，那先完成早晨寝室清扫任务的人便得去另一个人的寝室门口等待。若刚好碰到其中一个人动作过慢，以致差点要到寝室关门时间，那等待的一方便只能先行去大门口等待，并祈祷另一方不至于因出门太晚而被扣分。碰面后便是一起去食堂吃早餐，随后一起走入教室开始一天的学习。高中的书本太多，书包加一个小小的抽屉放不下数十本书，于是我们每个人都拥有了一个存放书本的格子，课间的时候很容易便可以看见三三两两的少女们在格子中拿下节课要用的书本。若是两人格子相隔甚远，便可以得见在短短的一个课间两个少女从走廊一端的格子取了书，再一起飞奔到走廊另一端，很有趣味。有的时候，我们需要去专用教室上课，那少女们便会先飞奔着拿好书本，然后再一起跑向专用教室。课间不长，这么等来等去的，等到了专用教室，上课铃自然早已响过了。于是你便可以瞧见在教室门口，几个少女气喘吁吁，汗流浃背地向老师道歉的有趣画面。三餐自然是要在一起吃的，食堂有三层，每一层都有不同的窗口，排队时间也各不相同，这很难凑到一处去，于是只有吃的时候可以在一处了，先拿到吃的的同学看着后拿到的吃完，然后两人再一起放好餐具离开食堂。课业结束后，回寝室自然也是要一起的。于是晚自习结束回寝的路上，四处可听见少女们交谈的声音。这种声音会一直持续到各自寝室门口，然后安静的走廊会预备着在第二天的清晨再次响起少女们的呼唤。

这种陪伴的弊端是很容易瞧见的：它消耗了参与者的大量时间，但除了给予参与者一种心理上的"你很合群"的暗示外，这些时间并不能换取什么很有利的回报，你甚至很难说这种行为切实地增加了行为参与者友谊的分量。可与之相对的，那些并不热衷于集体行动的"独行者"总是会被扣上"不合群"的帽子，这顶帽子对于她们的生活产生的影响是多方面的，以至于很多时候这会迫使她们也将时间投入这无用的活动之中，而白白消耗她们的精力。

这顶帽子也曾迫使我参与过那些行为，但在很多时候，参与活动这一行为本身使我感到困扰。我实在不能明白这项活动诞生的原因及其利好，所以在之后的很长一段时间中，我所选择的生活方式都是"独行"——一个人去灌水，去洗手间，去吃饭，去拿书……这并没有给我带来任何实操上的困难，相反，这让我很轻松，因为我不用等待，不用担心因为朋友的动作太慢而上课迟到，不用担忧因为和朋友的喜好不同而被迫迁就另一方……我明白这或许可以被称作自私的想法，但放弃"合群"以后，我的生活的确更自由了。

当然，这并不意味着我完全没有朋友。

如此便可以讨论到第二条刻板印象了。

我曾经对于那些在任何环境中都能快速找到朋友的人是极为尊敬的。对于我而言，朋友是可以一起做我自己想做的事情并同时完成她们想做的事情的对象，并不会因为理念不合而频繁争吵。这意味着我们必须拥有相似的喜好和三观，而这不论在什么阶段，都不是一件容易完成的事情。

我原本完全不明白那些交友极为迅速的人是如何做到在短时间内确定一个人是否与自己志趣相投的，后来随着我所接触到的快速交友的人越来越多，我终于明白，她们所结交好友的模式和对于"朋友"的判定，与我是极为不同的。

什么是"朋友"？是有福同享，有难同当，幸福时刻不忘扶持来时同伴，危难时刻可以为好友两肋插刀？不，作为一个普通的"朋友"，我们要做的只是在好友提出请求后与她一同去食堂吃饭，在好友出现问题时及时举手告知老师，在好友感到困惑时按照通用的安慰语录对她进行简单问候。这便已经算是一个"普通朋友"的全部职责了。

很多时候，普通朋友之间甚至不需要拥有很多共同话题。谈天几乎都集中在一起散步和一起用餐这两个时间段，话题通常是学校"八卦"、无意义的玩笑和对彼此的吹捧。更过分些，她们会去讨论些刻意捏造的同学丑闻，大家会随意嘲弄着那个不在场的可怜人，并不时发出一阵阵尖酸而放肆的笑声。对话双方总是非常小心的，从不触及那些超越"普通朋友"聊天范畴的内容，比如自己的真实兴趣，比如自己内心的小小心思，又比如自己对好友行为的真实看法。至于你若是好奇这样与人相处会不会太虚假太累，那些"朋友"的回答也几乎都是"我们是朋友啊"一类，至于她们内心是否真的如此作想，恐怕也只有她们自己明白了。

至于那些能够讨论些真正兴趣的，敢于袒露自己真实想法而不怕被攻击的，不用担心被背叛的，那些真正的"朋友"都被套上了一层新的名字——"闺蜜"。似乎不论是谁，不论在何处，所能寻到的真正志趣相投的人都不会很多，所以那些人脉广泛的人虽然交友众多，却也只取了其中几位称为"闺蜜"，更多的，则是离开了那个环境便少有联系的"普通朋友"。

可我仍然对她们的交友感到困惑。

在很长一段时间里，我一直认为，即使是最普通的同学关系，也有在看到对方身体不适时告知老师，或是在对方心情低落时安慰上几句的义务。但随着年级的升高，这些义务似乎逐渐由同学转移到了朋友这种关系上来。除了在同一个教室上同一节课，普通同学之间的关系已然淡漠到近乎陌生人。我在小学毕业后一年内还能按学号顺序背出班上所有同学的名字，在从初中毕业近一年后，我却已经忘了近乎一半的初中同班同学的名字，更夸张的是，在高中的进程走完近三分之一的现在，我仍然时常会忘记班上一些同学的名字，在街上遇见高中同学时，也完全没有伸出手打招呼的勇气。

这是很奇怪的，明明我本来也并没有刻意地与高中同学疏远，但我们之间似乎永远隔了一层厚厚的纱帐，只有当必要的互动切实发生时，才能勉强看清对面人的样貌与动作，纱帐存在时，对面人的声音总是时隐时现的，交流也变得极为困难，更别提交友了。

　　似乎，随着年龄的增长，我本来就不大热衷的交友活动，变得更为艰难且困苦了。

　　但我周围的人仍然有很多朋友。她们仍然会携手去吃饭，去图书馆，分享"八卦"，被对方的玩笑逗得哈哈大笑。在某些必要的时刻，她们也会沉默下来，一起讨论学习中遇到的难题，分享解题思路，并对对方的成绩大加赞赏，互相加油打气。我其实并不明白她们是不是真的热衷于做这些事情——她们看上去总是很快乐，但我总觉得她们并不是很惧怕和现在的朋友分别，甚至，她们似乎早就已经明晰，在未来的某一天，她们必然会和彼此告别。

　　可是和一个聊得火热的朋友分别，本应是一件令人感到不安的事啊？

　　我不明白，但我也并没有那么好奇——这些人里没有我的朋友，我不会在这些人中寻找朋友。

　　如此便很好了。我可以与我不多的好友肆意分享我的喜乐，当我遇到困难时她们给予我的会是真心的帮助而不是随意的安慰。我们也会一起散步，一起吃饭，但那时我们讨论的都会是我们真正感兴趣的话题和我们真正的想法。我们还可以做许多其他的事情，一起完成梦想和目标，将对方留在彼此未来的角落，并相约一起走下去。

　　当然，更多的时候，我的身边可能并没有朋友，那也没有关系，我的喜乐可以分享给夜空中的月亮。我所遇到的难题我可以自己解决，我可以一个人吃饭，一个人散步，一个人去游玩。我可以对着夜空许愿，天空中高悬的月亮会见证我立下的誓言，我每一个为实现目标而努力的夜晚，也都会被那一轮明月和那闪烁的星子看见。

如果我和一个人成为朋友，那一定是因为我们的相处总是非常和谐的。

如果没有那样的人，我独自一人，也并没有什么不好。

吉 祥 如 意

　　这是一个阳光明媚的早晨。阳光透过层层叠叠的树叶，在潮湿而松软的土地上留下一个又一个的光斑，有着一身光滑的灰色毛发的小兔子如意沿着这些光斑铺成的小道，一蹦一跳地来到了棕熊先生吉利的石头屋子前，轻轻叩响了房门。

　　"吉利先生，你醒了吗？我是如意。长达三个月的雨季过去啦！今天阳光格外的好呢！"

　　敲门声回荡在清晨的薄雾里，门内没有任何回应。

如意感到有些奇怪，安静地等待了数分钟后，门终于缓缓打开了。

"是如意啊，请进来吧。"

传出来的声音的确是吉利先生的音色，但如意仍然感觉有点不安——按照常理，吉利先生会在敲门后的一分钟内打开门，然后探出脑袋，给在门口等待的小兔子一个大大的熊抱，然后用他那令人感到温暖的声音对来访者进行问候："嘿，如意，你来了！今天的天气很不错呢。"

可是今天，什么都没有。

小兔子忐忑地走入了吉利先生的小屋。

一反常态地，屋里没有点灯，餐桌上的蜡烛成为屋内唯一一点微弱的光源。从烛光投射出的影子中隐约可以看见，餐桌旁坐着一个生物。想起了来小屋前受到的嘱托，如意轻轻跺了跺脚，向餐桌走了过去。

"吉利先生，你今天还好吗？我的意思是……嘿？"

在看到坐在餐桌前的那个奇怪的家伙的第一时间，如意所有未出口的话语就全数咽回了肚子里。

"您是……吉利先生？"

说话的工夫，小兔子终于勉强看清了眼前那个庞然大物的组成了——它是一只熊，但这只熊身上被各种不同颜色的衣服从头包到脚，只露出了一双小小的、黑豆似的眼睛。从身形上看，这的确很像吉利先生——毕竟这片森林里也没有第二只成年独居熊像吉利先生一样身形精壮而矮小了。可是，吉利先生为什么要把自己包裹起来呢？

就在如意思考的时候，吉利先生终于开口了。

"嗨，如意，很抱歉以这样的形象出现在你的面前，希望没有吓到你。原谅我实在是没有勇气去门口，因为我现在的样子实在是有些不大方便直接让你看见。"

如意更费解了，但她听出了吉利先生话里的紧张和恐惧，于是如意几乎是下意识地回应了吉利先生的话语。

"不论吉利先生是什么样子，我都不会害怕吉利先生的。"

听到小兔子说的话，吉利先生沉默了很久，最后还是小心翼翼地拿下了包裹在身上的衣物。

饶是早有心理准备，当真正看到吉利先生的样子的时候，如意还是吃了一惊。

棕熊吉利先生身上已经没有一点棕色的毛发了，换句话说，光看外观，吉利先生已经无法被称为一只"棕熊"了。他的四肢和耳朵似乎被夜之女神亲吻过，成了广阔无垠的黑色，腹部和背部却又似被昼之姑娘抚摸了千千万万遍，洁白得没有一点瑕疵。更令兔子称奇的是吉利先生的脸，两只黑豆般的眼睛四周，各有一小圈黑色的毛发，在吉利先生一张脸上，黑与白泾渭分明，却又万分和谐。

如意自认是一只好学的小兔子，有事没事经常往森林图书馆跑，在馆长女士那里看过的奇异生物也不少，可是小兔子活到现在，的确是第一次看见吉利先生现在这副模样的动物。她上上下下看了吉利先生好几遍，才生生压下自己想要摸一摸吉利先生耳朵的冲动。"冷静，现在是安慰吉利先生的时候。"小兔子如此对自己说。然后生生把定格在吉利先生耳朵上的视线挪到了吉利先生有些沮丧的脸上。

"我三天前一觉醒来，毛发就已经这样了。"

终于对好友坦诚相待，吉利先生长长松了一口气。

他已经连续三天没有睡过一个好觉了。

吉利先生相信自己的身体一定是出了什么问题，要不然，自己那引以为傲的一身浓密的棕色毛发，怎么会在三天前突然变了颜色呢？

在这三天中，他翻遍了自己家里的所有藏书，甚至连曾外祖母的针织手册都来来回回看了三四遍，但除了了解到自己远在海的另一端的曾曾曾曾祖父一支可能和自己现在这副模样长得一致以外，并没有找到任何有用的线索。

"我猜想森林图书馆里可能会有有用的线索，可是我根本不敢用现在这副模样出门。所以也就只能待在家里，期待着我的这因奇怪魔力突然变身的身体能够再因为某种特殊的魔力变回正常了。"

陈述完这段时间奇幻的经历，吉利先生有些沮丧地用爪子揉了揉头顶，颇有些苦恼地开口：

"如意，你向来是很有点子的，能不能帮帮我啊？"

听完吉利先生的描述，如意却并没有马上接话，反倒是定定地盯着屋顶的方向看着。吉利先生见她许久没有反应，有些好奇地伸爪子在她面前挥了挥。

"如意？你在想什么？"

"在想你耳朵的手感……感觉上来说我们两个应该都没有什么很好的解决问题的方法了，所以我们可以问问别人有没有什么解决问题的方法！"

小兔子连珠炮似的说完了这一长串，随后轻轻呼了一口气：好险，真实的想法差点就瞒不住了。

好在吉利先生似乎并没有听到如意最开始的那一句话，他只是无意识地揉着自己的脸颊，抛出了下一个问题。

"可是，森林里有谁会知道这么奇怪的现象产生的原因呢？"

听到问题，如意心中暗自松了一口气，同时轻快地接上了话头。

"别人我不确定，但森林里的一切大小事，陈述女士一定都知道！"

小兔子说的时候神情是如此坚定，以至于吉利先生几乎下意识地对她的话信了几分，但他仍然有一个很大的困惑：

"陈述女士是谁？"

听到提问，如意有些懊恼地抖了抖耳朵。

"哎呀，忘了和你说了，陈述女士就是森林图书馆的馆长兼管理员啦。她在这片森林诞生之初就创立了森林图书馆，今天我来找你之前，她还特地提醒我说你可能会有点奇怪，叫我不要害怕呢！"

吉利先生听着，轻轻点了下头。棕熊家族在这片森林生活了很多年，家族藏书极其丰富，加上吉利先生本身也不是个爱出门的性子，所以吉利先生与森林图书馆的交集的确少之又少，只是听如意来找他的时候说起过，那是一个拥有海量藏书和很多奇奇怪怪不知用途的器具的地方。那样一个地方的建立者是一位才能超群的女士，似乎也并不让人觉得难以接受。

所以现在，就只剩下最后一个问题了。

吉利先生思索片刻，双爪在胸前合十，真诚地向如意询问。

"我现在恐怕不大方便出门，所以我应该怎么与陈述馆长沟通呢？"

小兔子好像想要回答些什么，但有一道声音已经在她开口之前传入吉利先生那双毛茸茸的耳朵中。

"这并没有什么难的，我来与你相见就是了。"

四周环境骤然一亮，吉利先生被惊得猛一抬头，只见屋内原本所有熄灭的灯，都在一瞬间被点亮了。昏暗的石头屋子瞬间被照得明亮无比，暖黄的灯光满溢在房间的每一个角落。

再向前望去，灯火通明的客厅中，柔软舒适的沙发上，此刻正端坐着一位端庄优雅的贵妇人。

"陈馆长！你来啦！我就知道，你一定有办法帮吉利先生的，对不对？"

一见到妇人的模样，如意便以极快的速度蹦到了客厅中，将头倚在了妇人的膝上。妇人也温和地笑着，伸手抚过如意光滑的毛发，随后笑容不变地和吉利先生打招呼。

"你好吉利，我是陈述。为了节省点时间就直接进来了，没有提前说明，希望没有吓到你。坐过来好吗？"

听到陈述的呼唤，吉利先生愣了好几秒，才有些迟疑地从餐厅挪向客厅。

等终于走进客厅，吉利先生的思绪也终于清晰了一些，他刚想开口，对面的妇人却先一步浅笑出声。

"我是来向你解释你身体变化的原因的，但是很抱歉，我暂时也没有办法将你的外貌恢复原样。不过，"说到这，陈述停顿了一下，眼神在趴在自己膝头翘首以盼的小兔子和对面一脸紧张的吉利先生身上扫了一圈，语气微妙地转了转，"这种外形的变化，未必是件坏事。"

沙发上妇人所说的话语义不明，唯一有效的信息竟然是自己的外形一时无法改变，吉利先生内心的急躁几乎压也压不住，他烦躁地用爪子在头上轻敲了几下，才终于找回一点理智。

"所以，我是为什么会变成现在这副模样呢？"

"因为这片森林的特性。"

陈述轻声开口，唇边挂着的笑意没有一丝变化。她语气温和，仿佛在讲一个与自己毫无干系的故事。

"这片森林诞生之初，这里生活的动物们原本是很淳朴的。

他们习惯日出而作，日落而息的生活，也乐于承受大自然带给他们的一切苦难与欢愉。他们明白了春耕秋收，夏种冬藏的价值，也珍惜每个节气最为特殊的魅力。森林给予了动物们一片生存的空间。在那时的他们眼中，天地广袤，吾辈受之，自然大有可为。

可是，随着他们一代又一代地繁衍，动物们逐渐不再满足于那些森林所愿意给予他们的东西了，他们开始变得贪婪，开始向天地露出獠牙，不知疲倦地索要着那些原本不属于他们的东西。

于是石头挖开石头，钢铁钻入岩层。于是地底的被燃烧后送去了天上，天上的被污染又伤害了地下。动物们索取的越多，野心便越大，森林被伤害得越多，给予动物们的保护就越少，动物们失去保护被迫自力更生，便更加不知满足地向森林索取资源。如此，森林千疮百孔，动物们疲惫不堪。

终于有一天，森林再也无法忍受动物们对自己的伤害了，于是森林利用自己的能力，设下了一层屏障，将对自然的遵从刻进了动物们的本能。

这样还不够，动物们因为一辈又一辈的索取习惯，身体已经变得不再善于遵从自然，所以森林又给予了动物们一层返祖的保护，每一个动物幼崽都会在成年期的第一个雨季结束后进行返祖，具体的体现一般是毛发变得旺盛，会下意识地做出一些原始性的行为，嗯……还有部分动物可能存在蹦跳代替奔跑等行为。"

说着，妇人低头看了一眼已经听入神了的如意，一边用纤细的手指在小兔子头顶柔顺的毛发上来回摩挲，一边再次开口。

"当然，如果非要深究的话，这个世界上其实并不只有一片森林的。海的另一侧，也同样是一片充满生机的土地。

虽然概率很小，但有的时候，海两侧的动物会相见，相爱，然后自然地，会诞下子嗣。

他们所生出的孩子身体中流淌着一半来自海另一边的血

液，所以当森林给予动物们的那名为返祖的礼物生效时，他们也有可能成为海另一侧的模样。但是通常而言，森林总是仁慈而睿智的，它在送出礼物时总是会考虑接收者的生存环境，所以一般来说，那些混血的孩子们返祖后都会变成这片森林所熟悉的模样，像之前在这里生存繁衍了数代的棕熊一家一样。

至于吉利你变成现在这副模样的原因，我猜测可能和这个有关。"

说着，陈述不知从何处掏出了一捆翠绿色的植物茎秆，那茎秆细细长长，有些还带着剑形的绿叶，散发出一阵阵清新的香气，是森林中不曾出现过的味道。

"是'竹子'！"

见到那植物的第一时间，如意就认出了它的来源，她有些吃惊地从陈述腿上蹦起，揪了片叶子送到鼻子前轻嗅两下。

"果然和那鸟儿送来的味道差不多！陈馆长你把'竹子'种出来啦！"

陈述轻轻点头，然后将竹子递给了已经在客厅另一侧沙发上坐下的吉利先生。

"看见它，有什么感觉吗？"

吉利先生小心翼翼地接过了竹子，上下端详了好几遍后试探性地开了口。

"想……咬一口？"

闻言，妇人只是轻轻点了下头。吉利先生于是从那一捆竹子中抽出了一根，小心翼翼地放到嘴边，轻轻地咬下了一小口。

随后，如意就看见，刚刚还服服帖帖垂在吉利先生耳朵上的绒毛，一下子全都炸开了。

熊熊那双小小的黑豆眼在一瞬间爆发出了足以照亮整个森林的光，他迫不及待地将那一整根竹子塞进了口中，还觉不满足，双眼带着藏也藏不住的期盼望向陈述。

优雅端庄的妇人此刻脸上的笑意浓得快要溢出来，她开口，连声音也带着笑意。

"吃吧，我种了很多。"

于是吉利先生便不再有顾虑，遵从着内心的本能开始啃咬那捆竹子，一边啃，一边还分出了些心神去听陈述女士讲述这竹子的来历。

"竹子是我的家乡那边的特产，这种植物无法适应这片森林的气候，所以并没有在森林里生长，图书馆里倒是有可以让竹子生长的环境，我也早就想种来试试，但奈何一直没有找到种子，也就只能作罢。

不过最近我成功联系上了海那边的朋友，于是她托那片森林中的鸟儿送了些种子和几株长成的竹子过来。这批竹子是雨季前种下的，长成规模也就是这几天的事情。

竹子是海那边你的祖先最喜欢吃的食物之一，而当竹子长成之后，你又恰巧变成了海那边的模样，所以我想，这应当就是森林的旨意吧。"

听到这，如意突然举起一只耳朵，提出了一个问题。

"陈馆长，有一个问题我好奇很久了，吉利先生海那边的祖先，是什么动物啊？"

"在我的家乡，我们称他们为大熊猫。"

"好奇怪的名字哦。"

得到了答复，小兔子放下了高举的耳朵，随后想到了什么，又将另一只耳朵举起。

"陈馆长，你的家乡在海的另一边吗？那你为什么会来这里啊？还有还有，你是怎么跨过那么大的一片海的啊？"

听到问题，和蔼的妇人收起了脸上一直挂着的笑容，她深深看了一眼仍在狼吞虎咽的吉利先生，随后低垂下眼眸。如意好像听到陈述叹了一口气，但她再凝神去听时，陈述的语气却仍然是平静无波的。

"我的家乡吗……她是一片和森林一样的美好净土，只是，我们没能好好对待她。她对我们的教诲，我们花了很长很长的时间才领悟，但那时已经太晚了。

你们是幸运的。森林的教诲来得比我的故乡更早，你们的祖先也醒悟得比我们更早。所以你们如今仍然在这片森林中平静地生活着，而我和我的同族却已经被迫离开故土，只能用着还在故土时研发出的仪器和技术苟延残喘地活着了。"

说到这，陈述不知从哪里翻出一杯水，抿了一口。脸上的表情依然没什么起伏，只是握杯的手指微微有些颤动。

"诚实地说，我是极羡慕你们的呢。你们与故土亲密相接，而我的故土和生活……却只能在梦里寻到了。"

随着讲述者的一声轻叹落下，整个房间彻底陷入寂静。

陈述手指一收，正如它刚刚突然出现一般，陈述手中的那杯水转瞬消失于如意的视线之中。

　　吉利先生有些茫然地看着面前那温柔优雅的妇人。他感觉自己内心突然产生了一种难以言喻的冲动，这种冲动促使着他从沙发上起立，将自己的前爪也放到了地上。然后，他弯下腰使毛茸茸的脑袋与地面相接，用后腿用力一蹬，翻了一个跟头。

　　陈述"扑哧"一声笑了出来。她伸手揉了揉吉利先生毛茸茸的脸颊，然后满足地拍了拍手，又不知从什么地方翻出了一捆竹子递给已经吃完一捆的吉利先生。

　　小兔子看着陈述的动作，瞬间眼红得能滴血，刚想说些什么，却听陈述又一次开口了。

　　"好了，该说再见了吉利，我的任务已经完成了。之后的竹子我会请如意给你送来，再见。"

　　她转身向门口走了几步，在离门大约还有几步路的地方消失于吉利先生和如意的视线之中。

　　吉利先生望着陈述离开的方向愣了很久，直到身旁的如意跳起来用耳朵敲了一下他的肚子，他才终于回过神来。

　　"抱歉我刚刚没听到，你说什么？"

　　"我说——今天太阳很好，一起去野餐吗？"

　　小兔子前爪做扩音器状，声音含笑地喊出了自己的请求。

　　吉利先生犹豫了很久，最终很轻地应了一声：

　　"好啊。"

　　如意得到了想要的回复，却并不着急拉着吉利先生出门，反倒是有些扭捏地小声开口：

"那个，我能……摸摸你的耳朵吗？"

吉利先生愣住了。

善于观察的小兔子很快发现，吉利先生耳朵上的绒毛又一次炸开了。

好在吉利先生并没有愣很久，在短暂的寂静后，如意听到吉利先生那温和而包容的声音。用着不大不小的音量，吉利先生说了一声：

"好啊。"

太阳在树顶播撒下温暖，清晨的露水已经随着日照逐渐升入空中，云朵在空中闲适地踱着步，微风拂过枝头，邀了树叶共舞。在那条由光斑铺成的小路上，拥有一身光滑的灰色毛发的小兔子如意甩着耳朵，蹦跳着向前。她的身旁，是挎着野餐篮，拥有着绒毛完全炸开的一双黑色耳朵的熊猫先生吉利。

节气的故事

立春

尚带着几分寒气的雨丝落在了茅草屋的屋顶上。

黄泥砌成的小屋里，挽着发髻的妇人往炉子里又添了几块木头，走过去关上被风吹开的木门时，无意间瞥见了屋外那极其靠近地面的天。

"这么厚的云……一时半会儿是晴不了了。湿冷的天气，还需得点些火才好。"

火炉里噼里啪啦地响着，丝丝缕缕的热气在屋子里缓慢地游戏着。爬上房梁，亲吻地面，更惹红了屋里人儿们的脸。

点起了火，那妇人走至床边，望着榻上褓褓里的孩子逐渐变得红润的脸颊，伸出手欲轻抚一下，却在望见指尖的茧子时呆愣了一瞬，随后又轻轻地放下了胳膊。

"哎，这天儿……"

妇人又坐回了火炉前，将手中蒲扇轻轻摇动，炉内火焰便又向上蹿了几分。

妇人心神并没有分很多到那炉子上，她在想事，想很多很重要的事：今日便是立春，理应给自家人做点春饼春卷什么的来当吃食，按例还需得去祭祖，今年春耕的苗儿也要开始准备，自家男人今早代村民去城里采买了，大约还得半个时辰后才能回来，她得趁着他没回来，孩子也没醒的时光，把家里先打点好，这才能忙这一天的事儿……

沉默伴着炉子里的热气在屋内肆无忌惮地游走，直到木柴燃烧发出的那一阵焦味随着时间流逝开始试探着钻入人的鼻腔，妇人方才皱起了眉头，走到离孩子最远的那侧，推开了窗，凝神望了好一会儿窗外沉寂的雨幕。

雨　水

少女站在近三米高的落地窗前，凝视着窗外这一场缠绵而热烈的雨。

侧面开着的窗户为空荡的屋子带进来了些湿凉的风，穿着单薄的少女轻轻瑟缩了一下，伸手拿起身旁椅子上的厚外套裹在了身上。

大半身子被温暖包裹，少女舒服地长出了一口白气。打开手机，看着上面日历软件自动推送的"今天是雨水"的提示，有些不解地又将脖子往外套里缩了缩。

雨依旧不知疲倦地落在宽容的大地上。

隔着茫茫的雨幕，世界变成了一片孤岛。无法抵达的对岸是未知的港湾，家园成了不知何时会倾倒的小舟。土地遥远得仿佛是梦中的概念，生命飘忽得好似无根的浮萍。在那半透明的白色海洋中，少女感觉自己唯一可以抓住的，就是此刻身上的那一件温暖的大衣。

但她知道，自己面前，只隔了一片薄薄的玻璃窗的，就是连绵不断的，渴望这场雨已久的土地。

土地从来不会有沉思，土地只有最诚实的回应和最坚定的信念。它用这些，吸引着一代又一代的农人在其身上创造奇迹，它用这些，回馈那些永远忠于勤劳的灵魂。

当然，它的回馈，需要一些来自另一极的朋友的帮助。

"好雨知时节，当春乃发生。"

少女仍然站在落地窗前，她缓缓合上了总是充满思索的双眼，双手合十于身前，虔诚地低声呢喃：

"仁慈的天空，宽厚的土地啊，请不吝赐予我们，一场属于春的丰收吧。"

惊蛰

"丰收，丰收，不付出哪有收获啊？"

学堂里，鹤发白须的老先生站在屋子中，手中的木杖不时敲打一下走神的学生的桌面。门口偶尔传来几声牲畜的叫声，老先生絮絮叨叨的声音伴着春风荡出好远。

窗棂遮遮掩掩的，仅仅透入了几分屋外的艳阳。顽童悄悄用指尖蘸了水，在窗上开了一个可以窥见屋外春光的小孔。

刚刚事成，书桌便被木杖重重敲击了一下。顽童惊而抬头，就见老先生神色如常地走过了他的身侧，口中依旧絮絮叨叨：

"'子曰：学而时习之，不亦乐乎？'所以啊，你们……"

顽童偷偷松了口气，又一次悄悄把眼睛凑向窗上的小孔。透过那小小的孔洞，可以隐隐瞧见学堂外田地里大人们劳作的模样。

耕牛已经下了地，甩着尾巴深一步浅一步地在泥地里走着，不时发出闲散的"哞哞"声。耕牛的前后左右都有拿着农具和新苗的农人，有些独自忙活着，有些三五成群，一边闲聊着一边将新苗种入土中。田地边缘是一圈拎着菜篮来送餐的，看着农人们还没有干完活，便倚着大树同周围的一堆人唠起了家常。

顽童知道，今日这些菜篮里，定然有山上新掘的笋和田里挖来的藕，鲜嫩得紧，咬一口便唇齿留香。

最近天气已然有回暖的趋势，也到了可以骑牛的日子了。顽童紧盯着地里的耕牛，心里默默谋划着今日如何说服父亲让自己去放牛，正想得出神，桌子又被木杖敲了一下。

老先生眯起了眼，上下扫视了顽童身旁的窗户好几遍。顽童的心也被看得怦怦直跳，却听老先生缓缓开口，道：

"时辰到了，诸位，回家去吧。"

宁静的学堂顿时被孩童的一阵欢呼声填满，顽童随同窗一起挤出了教室，心里期待着：今天惊蛰，回家应当能吃上一顿不错的晚餐。

春分

热气腾腾的菜肴被端上了原木色的餐桌。

餐桌上，扎着双马尾的小姑娘目不转睛地盯着菜品，迫不及待地就要伸手去拿一个油光发亮的大鸡腿。

小姑娘的计划没有成功。肉嘟嘟的小手伸在半空，被母亲温和地用筷子挡住了去路。

　　"先坐到椅子上。"

　　小姑娘有些不情愿地撇了撇嘴，用力蹬着小腿爬上了对她来说有些太高的餐桌椅。

　　小姑娘是个坐不住的性格，吃饭的时候更是喜欢四下张望，这会儿眼睛刚扫到餐厅窗外投进来的天光，眼睛便是一亮。

　　"妈妈，现在天还亮着欸！外面好漂亮！"

　　小朋友软软糯糯的声音轻轻扫过菜肴上方的热气，拂过母亲的心头。母亲闻言，惊而回头，果然瞧见餐桌旁窗户中露出的那一方天空，此刻还荡着几片热烈的晚霞。

　　天空远处已有了几分属于夜的深沉，那令人沉溺的深蓝与属于傍晚的紫融合交缠于视野尽头，再近些便是白日所留存的鹅黄，慷慨地铺满了目之所及的大半天空，窗子的另一侧，太阳已坠入城市的尽头，但它所留下的光晕，仍然染红了藏匿于高耸的建筑物背后的那几朵彩云。

　　"竟然还有些余晖。"

　　母亲低声惊叹，而后又似想起了什么，转身去看日历，果然瞧见了日期下方用小字标示出的节气：春分。她用保养得当的手指轻轻抚过浅黄色的字迹，口中轻轻吐出了一口气。

　　在那两个小小的方块字中，她好像看见了很多画面：傍晚孩子在回家的土路上互相追逐打闹的笑颜；正午时被阳光点亮的那一片油菜花田；清晨鸡鸣后村里各处逐渐升起的炊烟，还有，面前这个感叹于春日余晖的小姑娘粉嫩的小脸，以及那遮住了太阳身影的城市天际线。

这个周末，带孩子回自己老家看看吧。放下日历时，母亲如是想着。

清　明

堂屋里，高悬于墙上的日历被一双有些粗糙的手拂过。纸张断裂的清响回荡于清晨的老宅。

新的一页与上一页并无太大差别，不过是下角多了一行小字："今日清明。"

老妇人并没端详日历，只是将撕下的纸收在了一旁的纸篓中，回身，便见半掩着的门已然被几缕细密的雨丝挤入。

"落雨了呢。"

轻声自语落下，并未得到谁的回应，只有屋内的细碎尘土随风而舞。

老妇人于是沉默着，拿起放在门边的笤帚，清扫起堂屋的地面来。

树枝与坚实的地面摩擦发出"沙沙"的响声，传出了堂屋，回荡在这茫茫的雨幕中。

老妇人清扫完堂屋时，屋外的雨丝已经渐渐稀疏了。

她伸手轻轻拭去额上的汗珠，从衣服口袋中拿出了一张长方形的小纸，又沉默良久，最终以极小的音量开了口：

"今天早上有雨呢。外孙女昨天给我背了首诗，里面讲说'清明时节雨纷纷'，应景得很呐。女儿昨天跟我一起把清明团子什么的做好了，她手艺蛮好嘞现在。我本来把里屋都收拾出来了，结果昨天她说她和女婿外孙女都住到外面酒店里去，搞得我都白弄了，真的是，我讲了好多遍不要这样浪费钱，她也不听。昨天晚上她走之前还跟我说，外孙女她很厉害，她……"老妇人絮絮叨叨讲了很多，声音也越来越大，却在某个瞬间戛然而止。

她轻叹一口气，又恢复开始时的轻声，缓缓道：

"算了，反正一会儿女儿和我也要去山上祭拜你，这些好消息，就待会儿再和你说吧。"

她颤抖着手将照片收回口袋，在那张照片上，年轻时的她与一个俊朗的青年相互依偎。

老妇人的手轻轻抚上心口，她张了张口，却没有声音流出。

"还有……外孙女说，她想你了。"

背景中那喜庆的红花，已经随着时间的流逝，悄然褪了色。

谷 雨

一朵近乎凋零的红花蔫蔫地垂在枝头。

它的下方，是无数已然飘落，逐渐化为尘泥的花瓣。

几双属于少年的小脚肆无忌惮地踩上了这片属于花的领地，他们欢快地跑跳着，留下一地笑声。

滚落的笑声吸引了一位成年人踏入了这片暮春的园地。

他惊讶于孩子们的残忍，叹息着，惋惜地看向那已然不再光鲜的花瓣。

少年们不解成人的低落，他们有些拘束地望向这个家伙，看着他用极为悲伤的神情举着相机拍下了枝头最后一朵即将凋谢的花朵。

"春日的生机将尽数失去了。"

成年人很是低落地走到了树荫中，背靠着树干，低头为满地落红近在咫尺的消亡命运默哀。

少年人没有成人那般强烈的愁绪，他们的日子简单而晴朗，正如此刻湛蓝无瑕的天空。所以他们很快就不再理会成年人的伤春悲秋，三三两两在这温暖的午后玩起了专属于孩童的游戏。

成年人并不在意孩子们的游戏，事实上，他也并没有一直沉溺于悲伤的想法，只是他在日常生活中所积攒的情绪太多太多，而恰在这个时刻，他找到了一个可以倾泻一些无法言说的泪水的地方罢了。当泪水流尽，他自然会重新变成那个众人眼中得体自然的成年人。

但很快，他的肩头被不知什么东西轻拍了一下。成年人惊而回头，却见枝头上坐着一个少年。少年正用手压着一根树枝，树枝的一端落在了成年人的肩上。

"看，花落以后就结果子了。"

成年人于是往树枝看去，树枝的一端，浓密的树叶之间，果然藏着两个小小的，翠绿的圆球。

是果子。

成年人有些惊喜地抬头，刚想说些什么，少年却已经松开了压着树枝的手。两人之间瞬间隔了重重绿叶。

"今天是谷雨。过了今天，果子们就都会好好长大了。"

少年人那青涩而沙哑的嗓音伴着阳光，穿过层层树影，温暖地落到了成年人身畔。说到这，那声音顿了一下，少年似乎在斟酌用词。约莫三十秒后，成年人听到，少年小心翼翼地又添了一句：

"夏天树叶会生得很好看，很有生机。"

春之生机并没有消亡，它只是，在另一个季节里，用另一种形式存在了。

所以，不要难过。

少年就是少年，他们坦率，真诚，友好。他们可以在感受到你情绪低落的时候坦然地对你进行安慰，却也会注意照顾你可能存在的"逆鳞"。他们并不会在意自己所安慰的究竟是同龄好友还是陌生长辈，他们也不会要求你对他们的善举有所回应。更多的时候，他们只是出于本能用自己的阳光照亮了身边的阴霾，然后笑着挥挥手，继续在那条洒满夏日暖阳的道路上前行。

正如此刻，当成年人迈腿走出园地时，少年人已经从树上爬了下来，又笑着和同龄玩伴打闹成一团了。

太阳高高地悬于空中，坦然地给予大地以暖意。

繁密的绿叶间，生机在这闪着金光的世界里，无声地生长。

立 夏

颗颗红澄澄的小果子在被微风吹得浮动的树叶间若隐若现。

老农仔细地盯了那树半晌，忽地眯起眼，不顾被风吹得飘扬的发丝，伸手感受了一番身畔暖和的微风。好一会儿之后，他满意地绽出一个笑容

"啧，不错，果然是立夏啊，风儿都是暖融融的呢。"

远处，村头祠堂里隐隐传来祭祀的礼乐声。老农知道，这会儿村里头几乎所有人应该都聚集在了那一方小小的祠堂前，听着祭司念出那祈求平安与健康的祷词，虔诚地向着祖先祈祷。

正如往年的自己一样。

老农有些颓丧地瘫倒在床榻上，长叹了一口气。

他躺了半晌，直到夏日的微风又一次吹进了这间窗户大开的屋子，吹过了他那已然只剩一小节的大腿根，他才被唤醒了似的，将双手合十于胸前，就这么半卧着，许下了同往年一模一样的愿望。

"请老祖宗千万保佑我们村里的人啊。"

许完了愿，老农感觉自己心头的某块石头好像松动了些许：应当是今日的风吹得实在是太叫人觉得惬意了吧。

老农如是想着，缓缓合上了眼。

远处的礼乐声已然渐渐停歇，喧闹的人声由远及近地播散在这一方小小的村庄。

老农认真听了片刻，在耳畔传来了自己异常熟悉的声音的第一时间睁开了眼睛。隔着那围出一方小院的篱笆，少年的英俊挺拔的身影逆着光向他奔来。

耳畔是少年含着笑的叫喊：

"爹！我回来啦！"

小满

"我来啦！"

田地间，青年看着提着餐篮向自己走来的姑娘，脸上不自觉地添了几分笑意。

"慢点走，慢点。"

青年一面迈着稳健的步子走向田埂，一面不放心地抬头叮嘱着步履匆匆的姑娘。

"知道了，会的！"

姑娘嘴上应着，步子却没有慢下几分，高高束在脑后的马尾辫随着她的动作在空中甩来甩去，宛若傍晚的草原上疾驰归家的骏马。

好不容易两人在田埂上相见，姑娘还没来得及把气喘匀，就急匆匆地将盖在菜篮上方的花布扯开，露出里面尚冒着热气的餐食。

"是家里存的腊肉和饭。今儿是小满，炒了点时令的青豆，鲜得很呢。"

姑娘乐呵呵地将菜篮子举到了青年眼前，一口气介绍完了餐食，就用那一双葡萄似的眼睛带着些渴望地望向青年，好似在等待着什么。

青年自然明白姑娘眼神里的意味。他拿起筷子，吃了满满一口餐食。

随后，姑娘就欣喜地看到，青年的双眼一点一点弯成了月牙，他一边用力地咀嚼着，一边努力地尝试着从口中发出了一句最为简洁有力的赞美：

"好吃!"

姑娘被这场面逗笑了。她的脸颊原本就因为刚才的跑跳染上了几分红晕,如今这么一笑,更是好似秋日枝头那芬芳清甜的苹果,饱满圆润,又娇嫩诱人。青年瞧着这画面,那被太阳晒得黝黑的皮肤也悄然沾染了一点绯红。

"好吃你就多吃些,今日这田里灌浆,你有得忙呢,多吃点好补充力气。"

姑娘笑着,倒也没忘了正事,一面督促着青年将这一回带来的食物吃完,一面用青年脖子上的毛巾仔仔细细拭去了他脸上的汗水。

青年刚用完了餐,田里便传来一同劳作的同伴的呼唤,青年回头高声应了一声,又将头转回来对身旁的姑娘叮嘱:

"一会儿这里蚊虫就多了,你回去后今日就莫再来了。我今日恐怕会回来晚些,你自个儿早点休息。"

姑娘一面回了几个"嗯",一面手脚麻利地收拾好了餐篮。她起身,马尾辫在空中一甩。

在湛蓝似锦缎的天空下,一只雀儿奔向她来的方向。

芒种

孤独的雀儿藏匿于浓密的树荫之中。

在枝头唱得欢喜的蝉并没有意识到,自己的这一方小小的天地中还有别的住客。它只是骄傲地唱着,赞美了正午的灿阳,又去歌颂傍晚的彩霞。

树下,两个少年小心翼翼地拿着特制的竹竿走进了这棵泛着金光的大树。

蝉仍然毫无知觉地唱着歌，雀儿却在枝叶细小的缝隙间窥见了树下两个少年悄悄走来的身影。它好像察觉了什么，轻轻挥动着翅膀，向树干更高处进发。

两个少年动作轻快地走到了大树底端，正在小心翼翼地确认树梢上那优秀的"歌唱家"此刻的站位。他们将竹竿靠在了大树上，彼此伸着手比比划划地做着除了他们无人能懂的动作，半晌，两人对视一眼，坚定地点了点头，仿若两个即将上战场的将士。

雀儿在枝叶更为繁茂的树干一角默默注视着树下少年们的动作，它看到树下的一个少年拿起竹竿，睁着滚圆的双眼，伸长了胳膊递给了另一位少年。另一位少年接过竹竿后就紧抿起唇，沉默地眯起了双眼，收紧手中竹竿，一伸，一粘，一拉。在蝉儿还来不及唱完曲子的最后一个音时，它的舞台便换了模样。

少年收回了竹竿，眼神无意识地在浓密的树叶间扫过，突然就与一双漆黑的小豆眼对上了视线。他紧抿的唇瞬间松开，他有些激动得意欲发声。

雀儿在与少年对上眼的一瞬扑腾起自己小小的翅膀，以极快的速度逃离了这片名为树影的战场。

少年的注意力并没有停留在雀儿身上太久，他很快就被身后同伴的欢呼拉回了注意力，喜悦地将自己的战利品收进了早就编织好的小笼中。

雀儿在腾飞了好一会儿以后才终于放下心来，有了几分闲情去看看自己翅下的土地。然后，原本漆黑似墨的双眸忽地就被染上了一层金黄。

一片四处摇曳着丰收的田地前，两个少年捧着刚刚收获的蝉兴奋地讨论着。

"今天运气真不错！"

"但也只能抓这一只了，今天是芒种，农活多着呢！我们得快点去帮家里人干活了。"

"是啦是啦！走，去田里！"

微风拂过田野，目之所及，层层叠叠地满是金色的海洋。

夏至

这是一片金色的世界。

晚七点的校园，落日的余晖照映在洁白的教学楼墙壁上，为终日荡漾着书香的世界增添了几分属于天国的梦幻。

而此时，少女坐在教室的窗户边，正入神地看着天空中绚烂多彩的云。她的衣领被微风轻轻卷起一角，额角也沁出少许汗水。几缕发丝随意地飘荡于空中，被阳光轻轻点过，远远望去，她周身也泛着属于落日的金黄。

少年坐在教室另一端，小心翼翼地注视着那在他眼中正发着光的少女。他知道两人之间隔了一整个班级的同学，但他仍然连呼吸都十分小心翼翼，生怕惊醒了那已然成为这落日胜景的一部分的少女。

教室里的风扇转动，持之以恒地发出枯燥的"吱呀"声，伴着笔尖于纸端摩擦发出的沙沙声，谱写出一首专属于学生时代的歌。教室前端，投影仪投射出的日期下方是字号更小的一行字："今天是夏至。"

日影被投射得无限长，窗外操场的几棵大树中不时传来几声有气无力的蝉鸣。除了傍晚随着微风传入校园的小吃的香气，还有那日落时偶尔传入校园的几声叫卖，学校外的车水马龙在学校内似乎从未留下任何痕迹。

晚自习时，教室总是极为安静的，除了翻书，同学们很少抬起头来关注周围发生了什么。

少女突然回过神来，从笔盒中抽出了几支笔。少年默默注视着，也低下头投入用心学习的状态中去了。

少年耳畔响起了少女在今早见到他时，迎着夏日暖阳说出的那句话：

"今天是夏至，是全年白昼最长的日子！据说在今天向太阳神许愿，愿望就可以实现哦！"

少年的视线越过了少女。除却树影，窗外此刻只有一片同少女一样泛着金光的云。

许个愿吧。

少年这样想着，怔怔地盯着那片云，在心头小心地许下了他珍藏了许久的那个愿望。

"愿我所愿之人，平安喜乐。"

窗外天色已然渐渐染上墨色。在愈来愈沉闷的世界里，那带着几分金光的云，成了夜里少见的亮光。

小暑

几颗星星闪烁着，点缀着漆黑如墨的天幕。

老者扇着一把蒲扇，意为身畔的孩童驱散些躁意。

小童好奇地望着天幕，清脆的童声回荡在这宁静的村庄。

"爷爷，星星为什么是一闪一闪的啊？"

老者摇扇子的动作微微停滞了一瞬，没有正面回答小童的问题，只是推了推身畔的一个小碗。

"小暑的天热都盖不住你的好奇呦。吃西瓜，吃西瓜。"

小童的注意力向来不是很集中的，被老者这么一打岔，小童果然兴奋地抱起了小碗上的西瓜，拿出里面切成小片的水果，对着鲜红的果肉一口咬下。

鲜甜的汁水瞬时迸发于口腔，独属于瓜果的清香顿时弥漫整个口腔。

与周围的热不同，西瓜果肉有一种自带的清凉。小童几口吃完一小片西瓜，感觉浑身的躁意都去了几分，内心也因此变得较为清明。

于是，小童又一次捡起了刚刚未曾得到答案的问题。

"爷爷，所以星星为什么会闪啊？"

这一次，老者倒是没有再回避问题，只是沉默着思索了好一会儿，才认真地对这小童道：

"可能是因为，一直不间断地发光，是一件非常辛苦的事情吧。"

小童微微皱着眉，歪了歪头，小小的嘴巴也抿成了一条细细的线，一副很是不解的样子。

老者见状，轻笑出声，用没摇扇子的那只手摸了摸小童的头顶，带着笑意向小童解释：

"你看啊，太阳的个头就比月亮大上了好些，所以太阳日日在空中发光，少有一刻停歇，而月亮虽在一年中有大半时间都出现在夜空中，却是存了阴晴圆缺，也只散发盈盈光辉。那星星的个头就更小了，它们所存的能量自然也就更少了些，平日里也就只能一闪一闪地发光了。"

小童听了，小小的脑袋一点一点地，眼里有了更多好奇的色彩，张口还欲问些什么，嘴却被老者递出的一块西瓜又一次堵住了。

小童再开口时，是又吃掉一块西瓜之后了。这一回，他并没有问问题，只是用那澄澈的双眼注视着老者那给自己摇着扇子的粗糙年迈的手，用纯真而清澈的童音感叹：

"那爷爷你一直照亮我，真的是太辛苦啦！"

夜依旧笼罩于如墨的漆黑之中，但此刻的老者眼中，有着足以照亮整个世界的光彩。

大暑

光亮照得人睁不开眼睛。

这是青年走出房门时，内心的第一感受。

他低头，手腕上智能手表显示出两行小字：

"周围温度：41 摄氏度。

今日大暑。"

高于人体温的环境使得身体无法通过皮肤的温度自然散

热，汗液变成了唯一的缓解方法。于是，青年走出屋子不过半分钟，后背和额头便已有了数滴汗珠了。

热，绝对的热。青年无奈地伸手放于额前，意图遮住些许光芒，好叫被这炎炎烈日迷蒙了的双眼获得一些属于阴影的清凉，来稍稍缓解这汗水流进眼眶的酸楚。

但这到底是无用功。

身上的汗越流越多，身后的衣衫被汗水浸湿，悄然贴在背上，并没有带来一丝凉意，身体因为这一层布料而感到更加闷热。周围是无风的，唯一可以缓解燥热的只有疾走时带着流动起来的空气。可是疾走这种耗费体力的活计，现在是无暇去干的。

于是便只剩下了热。天地之间仿若有一个巨大的蒸笼，四周都是热源，生活仿佛落入火焰山，环顾四周，却怎么也寻不见芭蕉扇。

燥热逐渐侵蚀了人的身体。走路变成了小美人鱼上岸的体验游戏，手腕上被加上了数吨无形压力，思想想要飘到天上去，脚踝处却又被地面伸出的藤蔓缚住。

精神在混沌中逐渐消弭。眼睛已看不清周遭的环境，耳朵所收到的只有蝉无力的呻吟，指尖的触感是与热亲密相接的印记，意识混沌不清，已然忘了自己从何而来，要去哪里。

青年感觉自己在走一条没有尽头的路，路上空无一人，路旁一片荒芜。只有无尽的热，催促着他不断向前走，向前走，免得被那身畔无尽的热浪无情地吞没，免得被那心底的燥热吞噬得尸骨无存。

他心中隐隐有某处默默期盼着一个歇脚地，但他不知道自己能否寻到，或许他也根本不在意自己能否寻到。他只是走，走得越来越快，走得越来越急。

身前隐隐传来了几声叫卖："绿豆汤啦，清新可口的绿豆汤啦！冰镇的绿豆汤啦！"

青年缓缓停下了脚步。

身前清凉的风吹过他早已湿透的衣衫。

立秋

清凉的风吹过屋前的葡萄架。

翠绿而宽大的叶片被吹开，叫太阳得以瞧见其中那紫色的浓郁的果肉。

架子下方，是一张薄薄的毯子，上面摆放着个瓷制的小碟，碟中的葡萄颗颗果肉饱满。果皮是令人心旷神怡的紫色。碟子旁，是一壶壶壁上还挂着水珠的绿茶。

穿着一身轻薄纱衣的姑娘散着头发，漫步到葡萄架下。她的头发与纱衣都被这风吹得扬起，在空中折射出一段秋日的光晕。

是的，秋日。

纵使此刻头顶依旧是烈日炎炎，即使此刻那一阵令人舒爽的风是来自闷了好久清凉的房间，姑娘依旧固执地将日历上那一个"立秋"用力圈出，然后在葡萄架下席地而坐，给自己倒了一杯绿茶。

"是秋了，是丰收的时节了呢。"

姑娘小抿了一口茶，放下茶杯，转而拿起碟中的葡萄，用手指夹着果皮，轻轻一推，晶莹似宝石的果肉便轻而易举地脱离了果皮的桎梏，欢腾地奔向自由。然后，伴随着"啵"的一声，刚刚获得自由的果肉便果断地跳进了一个黑色的世界。

姑娘吃着果肉，眉眼满意地弯了弯。

"果然是极甜的品种呢，不枉我悉心照顾你们。"

姑娘吃了一颗，并没有着急再拿一颗，而是从身旁取出了纸笔，翻了个身，就着平坦的地面开始写起信来。

姑娘不算一个能专注做事的人。她写信的时候，小腿不自觉地勾了起来，在身后一晃一晃地，被阳光照得分外雪白漂亮。她也不是个文采卓越的人，一边写着，总还一边思索着用词。

"展信佳……不好，这样太正式……"

"嘿，我家葡萄熟了，要来吃吗……不行，这样太轻浮……"

"你还记得你曾经和我约好，一到秋天就回来和我一起玩吗……不对，万一她不记得怎么办……"

写到最后，在耗了四五张纸之后，姑娘终于写出了一封自己觉得不错的信件，她满意地将纸对折，放进了早已准备好的信封里。随后随意地用笔将头发盘起，站起身，往门外走去。

边走，还一边念念有词：

"这信现在寄去，等她收到再回来，那时候，天气也该凉快些了吧。"

处暑

"嘿，这天可真算是凉快下来了。"

摇着一把大蒲扇，新妇坐在屋前的树影下，望着屋外那湛蓝而高悬的天幕，一边咬着清甜的梨子，一边同邻家的嫂嫂说着闲话。

"可不是嘛，这几日的风都叫人舒爽得很呐。"

嫂嫂一面应着话，一面将手中的针线穿过了一层布料，打了一个漂亮的结。

"风确实是凉快了不少，可惜都到处暑了，这雨倒是一直不落，就怕到时候攒着到秋收才落，那可真是给我们添堵了呢。"

手中的梨子已只剩下一个核，新妇手中扇子不停，眼神在四周转悠一圈，最终停到了嫂嫂手中的布料上。

"欸，阿姐，你手里缝的这是个什么啊？"

嫂嫂手中动作不停，粗糙的手指牵引着针线在两片布料间来回穿梭，短短一会儿工夫，两片布料便已有大半连在了一起。

"咱们这儿秋天日头大，空气也干，家里孩子出去玩一趟回来，上下唇就没有不出血的，这哪行啊。我就寻思着，给他们做个布兜，以后他们出门带着水壶，也好及时喝水。"

新妇端详了好一会儿嫂嫂做针线活的模样，眼中尽是羡慕的神情。

"阿姐的手最是灵巧了。我真是羡慕阿姐这手艺，你家孩子最是有福气呢。"

嫂嫂闻言，手里又穿针引线几个来回，嘴上噙着笑对新妇道："熟能生巧呢，我初嫁人时手艺也不好，你多做几年针线活也一样好。"

新妇闻言，停下了手中的蒲扇，她看了看自己持扇的手好一会儿，忽地有些泄气。

"做活手会糙好多。"

"但这就是为人妇，为人母的代价呀。你那么在意手，那还不如莫嫁人呢。"

嫂嫂几乎是下意识地接上了妇人的话，语毕，方才惊觉自己说了什么，偏过头去看，身侧的新妇倒是没有什么特别的表示，只是眼里那惯常得见的灵动失了好几分，取而代之的是一团呆板的死气。

像极了嫂嫂自己。

嫂嫂心中突然就多了几分慌张。她掩饰性地轻咳了一声，在身侧的兜里摸索了好几下，好不容易才摸出一个红纸做的小灯笼，她几下将灯笼支了起来，送到了新妇的眼前。

"呐，拿去玩。"

新妇很明显愣住了。

"送你的小玩意儿。哦，还有，你若是想学针线，只管到我这儿来就是。其实并不会让手太过粗糙。我这样是因为我早年帮家里干了好些重活。"

嫂嫂有些不自在地又解释了几句，伸手将灯笼又往前送了送。

新妇盯着那粗糙的手掌捧着的火红的灯笼，眼睛中仿佛有些许光芒闪烁。

白露

一个个火红的灯笼悬挂于高高的枝头上。

孩子们闹成一团，争先恐后地在树下蹦高。

他们一个个将眼睛盯紧了树梢低垂处的那一盏小小的灯笼，眼神认真而专注，仿佛这并非一场孩子们的游戏，而是一场高级别的竞赛。而他们，是一队训练有素的运动员，正整装待发，准备上赛场争光。

这是一场事关荣誉的"战争"。孩子们一个个屏气凝神，双唇紧抿，双目圆瞪。额上已渗出少许汗珠，但这并不能成为阻挡运动员向上跃起的障碍，他们的头发随着一次又一次的争高在空中飞扬，衣衫也在风中飘扬。

终于，一只柔软的小手触摸到了那垂于枝头的一盏小灯笼。

那孩子的眼睛睁得更大了，双唇微微打开，脸颊上泛起了兴奋的红晕，手指用力握住那小小的果肉，借着大地的馈赠，带着那朝阳般灿烂的战利品重新落回了树下的孩子堆里。

"我摘到了！"

孩童清脆的叫喊声霎时响彻树下。

周围是无数双眼睛的注视，孩子将灯笼高高举起，俨然一个得胜归来的将军。

小小的灯笼在此刻变成了太阳，照亮了树下，穿透了树顶。

它所发出的光芒照在这一方小小的天地。它看见田地里农人弯腰收割的身影，看见果园里果农踮脚摘取果实后落地，看见鱼塘里几尾鱼儿被收入渔网里，看见人们在纸上认真写下"今日白露，秋收正行进"。

最后，那光芒扫过原野，拂过天空，又一次回到了它发出的地方。

在柿子树下的一片阴影下，双颊通红的孩子举着自己的战利品，骄傲地踮起了脚尖。

秋分

孩子站在屋外，小心翼翼地踮起了脚尖。

屋内，父亲正专注地清点着供桌上所摆放的物品是否有缺漏。对着手中的物品条再三确认无误后，父亲明显松了一口气，直起身，轻轻捶了捶因为弓着身子太久而有些酸痛的腰，一边活动了一下同样酸痛不已的脖子，一边缓缓走出了房间。

孩子在父亲直起身子时就已经跑开，故而父亲走出房门后，就见到屋前的空地上，孩子和伙伴们打闹成一团，好不热闹。

父亲轻轻笑了笑，并没有打扰开心的孩子，悄悄走到另一间屋子里，和自家亲戚商谈秋分祭祖的具体时间去了。

余光瞥见父亲离开，孩子重重呼出了一口气。

"为什么大人们从来不让我们进入那间屋子啊？"

孩子好奇地询问同伴，不出意外地得到了许多个"不知道"。

他倒也并不气馁，反倒是颇有兴致地向身侧的小伙伴们诉说起了自家刚刚偷偷瞧见的情形。

"那是一张木头桌子，上面摆着很多碟子，碟子上有很多好吃的。哦对了，还有一个炉子，上面摆着几支高高瘦瘦的签子，签子前面是很多木头牌牌。"

这会儿，同伴中有个孩子若有所思地开了口："我爹爹和我说过，这样的摆放，通常都是祭祖用的，这个等我们长大一些就知道具体是怎么回事了。"

闻言，同伴们不约而同地叹了口气。

"长大一些，又是一件长大一些就知道的事。"

"为什么干什么都得先等我们长大啊。"

"可我们也不知道到底什么时候才算是长大了啊。"

"我们到底什么时候才能长大啊。"

同伴们七嘴八舌地开始讨论起了长大，只有最开始的那个孩子，一言不发地盯着父亲离去的方向看了好半晌，才终于缓慢地开口。

"或许，只有当我弯腰才能在那张木头桌子上摆放东西的时候，我就算长大了吧。"

寒露

"长大了，长大了啊。"

祖母乐呵呵地在孙女身上比对着衣裳。

"去年的冬衣都快穿不上了呢，我们家小姑娘长得可真是太快啦！"

孙女被祖母指引着转了个身，感受到祖母又拿着衣服在自家背上比画着，有些不自在地询问："阿婆，这衣服不是入冬了才要穿吗，现在这天儿，也没到穿这么厚衣服的时候吧？"

祖母反复比对，确认这件衣裳绝对穿不上了，有些遗憾地将衣服放下，又开始用手比画小姑娘现在的身量。

"欸，今天可是寒露了，离冬日也就那么小一个月的光景，做起衣服来那可就是一眨眼的工夫。要是真到了落雪的日子再去缝衣服，那你这小小的一个女孩子，怕是要被冻死在雪花片里啦！"

祖母比画好了小姑娘上半身的长度，在身旁的粗布上简单画了几道，一件上衣的外形便跃然纸上。祖母眯起眼睛盯了这图案半晌，有些不满地轻轻摇了摇头，又牵着小姑娘的胳膊将她转了半圈。

"可是阿婆，雪花那么软绵绵的，很容易就会化在手心里，怎么会冻住我呀？"

小姑娘是一个土生土长的南方姑娘，她不曾见过漫天飘洒鹅毛大雪的壮观景象，亦对冬日枝头满布累累白雪的银色世界没有概念，她所认知的雪，是比那清晨的露水凉不了多少，也多不了多少的存在。

阿婆听着小姑娘纯真的童声，眼神逐渐变得幽深而迷蒙。

"那是你没见过真正的雪呢。你需得是去我小的时候的家里看看，那下的才是真正的雪呢。雪啊，它是……"

阿婆张了好几次口，却最终没能发出一点声音。

　　小姑娘看见，面前阿婆苍老且遍布皱纹的脸上，有了一条晶莹的水痕。

　　"阿婆，雪是什么啊？"

　　"它，它是……我的老家……"

　　一滴水珠砸入地面，激起少许尘土，而后，一切归于宁静。

霜降

　　这是一个宁静的世界。

　　万物都是静的，包括行走于其中的人的心境。

　　游子屏息行走于这一片静的天地。她不愿放过身侧的每一个画面，却又不敢停驻于这空间中的某一个地点。在这个静的世界，所有贸然进入而停驻于此刻的生灵，都会随着清晨那转瞬即逝的雪白霜花，凝滞于这片永久宁静而圣洁的天地。

　　时间在此成为生灵的代名词。游子小心地行走于其间，望着周遭一切被滞留于某一个时刻的时空雕塑，内心暗自揣测着它们在来到这片天地前的模样，还有那对于此刻的它们而言，已然没有思考的意义和价值的，它们的未来。

　　游子的心念随着思考的加深逐渐发散，她开始不住地好奇这些雕塑品出现在这里的意义。

　　它们为何会在这里？它们如此排列有何意义？是什么让它们变作这无声无息的一座座雕塑？还有，更重要的，她为什么会在这里？

　　问题的堆叠逐渐将最初的宁静推离了游子的身体。她从一朵雪白的霜花中看见了日出的红，而后她抬起头，从空中捕捉到了冉冉升起的朝阳。

在她无暇顾及的地方，那覆盖于生灵之上的白色霜花随着火红的烈日越蹦越高，无声无息地消融，露出了下方各色的草木生灵。

那场雪白的世界，静谧地消失于无形。

手机发出"叮铃叮铃"的闹铃声，游子伸手，关掉了那名为"'霜降'日晨起看霜"的闹铃。

天已然大亮了。

立冬

天空已大亮了。

几朵柔软的云在明亮的蓝天中闲适地随意游走着，一阵阵风吹得人有些微微发颤，心里却仍然是极舒适的。

晴朗的天总是叫人心生欢喜。

在这片晴朗的天空下，几声吆喝从山腰的某处农家大院里传来。

"快些看着点油，太热太凉这面粉下去都炸不成形嘿！"

烟火缭绕的农家小院里，大娘一面仔细地揉搓着手里的面团，一面紧盯着正在柴火灶上微微冒泡的一锅热油。

油锅旁，大叔正弯腰瞧着柴火堆，手里握着的蒲扇手柄处已然染上了几点灰黑色。

"看着呢，看着呢，放心吧。这立冬的第一锅麻花，咱必然给它炸得漂漂亮亮的哈！"

　　大叔已然添好了柴，起身，双手交错着拍了拍，伸手欲拿过大娘已然搓好的麻花。

　　"诶诶，碰什么碰，看你手黑的，看你的火去吧！"

　　大娘端着盆子的双手灵活地向旁边一躲，大叔那沾了少许炭灰的手便连麻花的边也没有碰到。大叔有些无奈地撇了撇嘴，又一次走回了柴火灶前那小小的一张木板凳上。

　　"火候差不多了，麻花！"

　　大叔伸着火钳又将一块木头翻了个面，抬头瞧了眼油，转头对着大娘高声呼唤。

　　麻花入了油锅，一时间，空气中炸出数朵雾花。白气随着冬日冰冷的空气缓缓升至小院上空，将明亮的蓝天染上了一层朦胧的灰。

　　院里，大娘与大叔的高声讨论混着油锅的"噼里啪啦"声，构成了一幅极为热闹的声音图景。

　　院外，山脚村庄从来都以安静为它独特的底色，那所有来自农家院子的喧闹与沸腾，在这片包容一切的巍峨山岭之下，都显得无足轻重，也微不足道。

　　或许只有真正包容世间一切的太阳，还有那在蓝天中闲庭信步的白云们才知道，在山岭之下，村庄之中，某间农家小院，正在经历着怎样一幅热闹的景象。

　　阳光透过层层白气，落到了那热闹非凡的农家小院之中。

小雪

　　云层间透出几缕阳光，洒在了一片雪白的大地上。

　　雪花落在了地面的残叶上、水面的枯荷上、停泊的汽车上、矗立的高楼上、行人的肩头上、雨伞的篷布上、孩子的发梢上、学生的手掌上。

　　学生慢慢地收回了那接到了雪花的手掌。

　　手掌的温度不低，当手掌收回至学生眼前时，掌心只剩下一小片湿润。

　　学生有些遗憾地轻叹了一口气，搓了搓因为长时间伸于空中而被冻得有些僵硬的手掌，看了一眼周围仍在热烈地讨论着这场雪的同学们，将手重新揣回了衣服口袋，呼出一口白气，安静地走回了教室。

　　这是一个少雪的城市。

　　雪片在这个城市是少见的"奢侈品"，因此它在人群中尤其受欢迎，几乎在城市的每个角落，在这场并不算盛大的雪的舞蹈开始之时，就有无数人为它的降临而兴奋不已。

　　那是一场罕见的狂欢。

　　雨伞被随意丢弃于所有顺手的角落，被雪片亲吻过的人在此刻尽数变成了顽童。他们欢呼着，跳跃着，在雪幕的掩饰下做着一切平时羞于完成的事。舞蹈的雪片见证了无数人的牵手，拥抱，亲吻。

　　他们高声喊着："我们应当做些特别的事情，来纪念这在小雪节气时落下的第一场雪。"

　　雪花于是轻轻亲吻了他们的面颊——温和而柔软的白色精灵，从来都不介意被扯来作为人们友善私心的遮掩。

　　当然，这一切，和在这由钢铁铸就的森林中埋头苦学的学生，并没有什么关系。

学生身上也铺洒着白色，不过那并非来自遥不可及的天幕，而是头顶两米处的一盏白炽灯；学生面前也遍布着白色，不过那并不是包容宽厚的大地，而是一张刻板严肃的试卷纸。

学生的耳朵不受控制地捕捉到了不远处走廊上，欢呼着迎接雪片的同学的声音。

那是他的同桌。

学生从来不觉得自己与他有什么分别，但在这一刻，学生感觉，那名为"羡慕"的情感正在自己心头不住地翻涌。

学生在某个时刻骤然产生了想撕掉面前的一切的冲动。

但当手指真正触碰到试卷的那一刻，学生忽地抬头，看见了那两米之上的白炽灯。它拥有着比此刻的天幕更为闪耀的光芒，可是，它是那么刻板，严肃，无趣。在它面前，学生感觉，自己一切的怯懦与无力全都无处遁形。

我们是一样的。

学生放下了手中的试卷。有些无力地闭上了双眼。

"请用一场大雪，来掩盖这一切吧。"

大雪

纷纷扬扬的雪花掩盖了世间的一切可知或不可知的事物。

这是一个白色的世界。

来自冰雪的赠礼已堆满了大街小巷，甚至挤进了人们的帽子、手套。

先行的使者挤进了破败的门缝，送给睡梦中的孩子一个带着寒气的吻；它挤进了细长的小巷，送给巷尾那沉默的小乞儿一个夹着冰霜的拥抱；它挤进了荒凉的庙宇，送给神像下那蜷缩着的孤儿一句刺骨的问好。

然后，寒冷用自己引以为傲的白色幕布，残忍而无情地掩埋了自己所送出的所有礼物。

纯粹的雪白将一切都凝固成了雕塑，在其间行走的身影便显得格外勇敢而无畏。

大娘穿着一件淡黄色的袄子，步履匆匆地走过这片雪白的土地。

她沉默地走过破败的门缝、细长的小巷、荒凉的庙宇，最后停在了一家点着淡黄色灯笼的铺子前。灯笼发出的光照亮了大娘被冻得通红的脸颊和她脸上洋溢着的笑容。

门被打开，三盏一模一样的淡黄色灯笼被递了出来，伴着一句真切的关照。

"今儿可是大雪节气，天儿可凉呢，注意身体啊！"

大娘欢喜地接过灯笼，厚实的手掌在靠近灯笼时获得了些许暖意，大娘有些贪恋地借着这份暖意搓了搓手。而后，她将三盏灯笼串在了一起，颇有些艰难地高举着灯笼串，走向了来时的路。

她又一次经过了荒凉的庙宇、细长的小巷、破败的门缝。

灯笼串中的灯笼少了一个，一个，又一个。

大娘的手中变得同来时一样空无一物，但她的身后，三盏灯笼被三个小小的身影举了起来。那一盏盏小小的灯笼，将那三个身影照成了和大娘衣服一样的温暖的黄色。

在逐渐阴沉的天色下，在这片被白色统治的世界里，一列四个身影，带着自身小小的光，为周围的世界添上了独属于他们的颜色。

这是一个有着暖黄色光晕的世界。

冬至

暖黄的灯光照亮了屋子的每一个角落。

孩子望着窗外已坠入黑暗的世界，有些不解地在窗户上呼出了一口白气。

他伸出了小小的手指，在那片以白为底色的世界里，画上了一个太阳。

"太阳今天为什么在天上只待了那么短的时间啊？"

这是一个在孩子小小的脑袋里装了十几分钟的问题。

作为一个小小的，踮起脚尖都够不到窗台边缘的小朋友，孩子自然还没有学过什么"地球自转""地球公转"之类的复杂的科学道理，他稀少的人生阅历也使他并没有办法从自己过往的经验中总结出什么"二十四节气之冬至"这样综合性的规律。他脑海中只有一个可知的合理猜测："是不是太阳今天心情不好，想要早点回家呀？"

白气在窗户上逐渐消散，而那被细小手指勾勒出的太阳，也逐渐隐匿于无边的深夜。

"太阳，明天会更开心一点吗？"

屋内，空调的暖气携着饭菜的香气弥漫在房间的每一个角落，也悄悄钻入了孩子为自己那复杂的哲学问题而建立的那一方小小世界。

"好香哦。"

孩子口中发出了一声小小的感叹，随后，孩子的肚子也用自己的方式表达了对于孩子想法的赞成。

孩子有些震惊地看着突然发出声响的腹部，愣了半晌，才终于伸出小小的手在肚子上轻拍了一下。

"你也和太阳一样，不开心了吗？"

孩子眉心轻轻隆起了小小的山丘。小小的脑袋在这一刻仿佛正面对着这世间最难解的谜题，而他，是充满无尽智慧的"学术大师"。半晌，"大师"眉心一松，用他柔软的手掌抚过略有些干瘪的肚子，愉快地陈述出他的解法。

"我们去吃饭吧！这样，心情都会变好的！"

小寒

"来吃饭啦！"

冒着热气的菜肴被一双双手接连端上了餐桌。

在烛光的映照下，隐约可见桌子四周人们喜悦的面庞。

氤氲热气里，人们搓着手，欢喜地聊着家常。

"今儿天可冷呢。"

"可不，雪花大朵大朵地落啊，我最近都没怎么出门。"

"这寒冬的天气本来就不适合出门，这都是小寒了，安生些在家里窝着，多好啊。"

"谁说不是呢，嘿，菜齐了。"

冬日的饭菜总是极容易变凉，故而菜品一上桌，大家便不约而同地拿起了筷子，趁着饭菜还热乎将菜品尽快送入口中。

餐桌上的气氛变得热闹。筷子碰撞的轻响，穿过吃得津津有味的人群，向窗外雪白的世界轻声问好。窗外寒风好奇地敲打着紧闭的窗户，仿佛一位严格的裁判，正在为这场仅存于冬日的竞赛进行计分。

片刻后，说话声再次充满了房间，间杂着少许碗碟碰撞的响声，方才围在桌边谈天的人们从座位旁站起，端着碗筷走向厨房。

桌子旁，则迎来了新一批搓着手谈天的人们。

"今儿天可冷呢。"

"是啊，这寒风呼呼地刮呢。"

大寒

寒风呼啸着掠过空无一人的街道。

在这个一年近乎完结的时刻，空旷是这座城市送给天空最好的体验报告。

冷。

似乎一切都被冰封了，身处病房的女孩虚弱地望向窗外那一片被雪色覆盖的钢铁森林。

一切都是雪白的。

女孩轻轻叹了口气，口中热气升腾，在身体前方凝结成一片小水珠。

连水珠也是白色的。

女孩双目无神地望着自己身上覆盖着的雪白被褥，它是那么柔软、温暖、包容，它纯洁无瑕，仿佛她的一切哀怨都可以被它吸收，而她最开始也的确是这么期望的。

可是，她已经与它共同度过快一整个冬天了。

她觉得自己的身体也仿佛这冬日的城市，在那无可避免的寒冬之中，被一点点冰封、包裹，直至最后，变成雪的世界的一部分，变成旁人难以分辨的雪的化身。

她不喜欢这样。她希望自己是富有生命力的，仿佛春天的雨，可以融化世间的一切冰封，将雪白的世界重新粉刷上新的色彩。

真的不想成为春日最后的雪啊，她想。

她知道今日是大寒。

趁着今日，在漫天大雪落下的时候，将自己永远留在冬日吧，那样，就可以不用成为春日的雪了。

时间差不多了。

她在余光中看见窗外有东西落下。她掀开包裹着自己的被子，缓慢地走向窗台旁边，手微微颤抖着，推开了窗门，又将手缓慢地伸出了窗外。

她闭上了双眼。

感受到手心的触感后，她的双眼又猛然睁开。

有些不确定地将手收回，又再次放到窗外，如此反复几次后，女孩的眼睛越睁越大，原本毫无焦距的目光变得有神而带有光彩。

她不可置信地轻呼出声：

"下雨了。"

宿 于 山 中

　　这是一家极有趣的民宿。玉泉山脚下民宿不少，这是最接近上山道路的一家。然，这店里的装修不仅禅意不重，山野气息也不浓。白墙黑瓦的庭院装饰衬着原木底色的现代风格的室内陈设，没有让人觉得突兀，反倒十分自然。

　　这是一家极清幽的民宿。各个房间的门牌号都是一首诗或词的一部分，记得比较清楚的是一首王维的《山居秋暝》：空山新雨后，天气晚来秋，明月松间照，清泉石上流。门牌号大多是取其中的意象，两字一组，听上去朗朗上口又别有趣味。夜晚，走廊上悬挂着的大红灯笼会一盏盏地被点亮，整个民宿的白墙都会在此刻被染成淡淡的粉色。不知怎的，虽然这场景很容易让人联想到一部著名的文艺影片，我却觉得它在这夜的世界中帮着迷失的人们存了些属于梦幻或存在的空间，并叫他们在淡红色的光晕中，更好地寻觅一个至简的自我。

　　这是一家极梦幻的民宿。在天气晴好的日子里，你可以在民宿内小屋里的窗户上看到云卷云舒、日升日落。当然，这并不是什么叫人称奇的景象。想见到一些足以令你屏住呼吸观看的美景，则需要一些耐心的等待，以及一定的好运气。

在每一个天气晴好的傍晚，夕阳会将满天的云彩都染上绚丽的暖色调。先是张扬的金、炽热的红，再是热情的橙、温暖的黄。当太阳逐渐坠落地平线，天空帷幕的另一边已经有一名叫夜的选手悄然候场的时候，夕阳便会为这日月交接的好戏送上最后一重色彩作为好礼。

如果此刻，你所处的位置在三四个小时之前刚刚结束了一场雨，又刚好碰上夏日谦逊得没有马上用疾风将空中四处游荡着的水汽卷走，却也并没有令那扰人的温热空气为这片空间带来更多的水汽。如果你的运气足够好的话，那么，在那个晴好的有着凉爽微风和不算燥热的气温的傍晚，在天空被夕阳泼洒上最后一种颜色的时刻，你就可以看到那宛若梦境的画面在你眼前上演。

空气中的水汽随着温度的降低而逐渐凝结成水雾，低低地弥漫在平坦的地面上方。天空中那一抹柔和而神秘的紫色通过无数细小的碎片来到这片空间，将那伴随着白昼消亡的淡紫色揉进了低空中的那团仿若地上云的水雾。傍晚的微风终于在夜幕即将到来之前想起自己的职责，那几乎停滞的地上云被风带得重新开始流动。它旁若无人地穿过平坦空地上停着的车、高高的树、民宿门口摆放着的面目凶狠的石狮子，最后在空调冷气的威胁下被迫停止向游客身边扩展。

但这场景也已经足够稀奇。紫色的水雾在离你几步远的地方流动着，天空中是白昼与黑夜交接时大气散射所带来的黄白色光芒，身后是古色古香的建筑，身前是安静矗立的山门。我心中知道夜空会在不久后到达这片空间，地面变得湿润，我眼看着颜色变得更深的紫色水雾在逐渐暗淡的天幕中一点点飘散向更高处了。

在那一刻，我与雾，雾与物，物与我，我与我，在这片氤氲的水汽中，似乎都被模糊了形状。一切都可以是静止的，一切都可以是流动的。它们回到了更高的天上，它们也留在了朴实的地下。晚风仍在不知疲倦地吹拂着，在这临近黑夜的时刻，身边万籁俱寂，只有身后灯火提醒着我所在何处。

紫气氤氲，云雾缭绕，此处非仙境，此处由心来。

这是一家极闲适的民宿。民宿住宿楼外有一片草坪，几处可以拍照的景物零散分布其上，中间则是一片类似帐篷顶的白色帆布。夏日天热，清晨的清凉需要用早起的困倦来换，正午日头高的时候我又不愿去草坪上白白挨这毒热的"烈火"的，唯有傍晚时分，天渐渐凉了，周遭的鸟鸣蝉鸣渐歇，小小鸣虫开始在翠绿的草叶间发出声声呼唤前，我才可趁着那片刻的凉风，去草坪上窥见一点夏日淳朴的生机。当然，在某些夏日的傍晚，当烤肉的香气沿着轻缓的晚风钻入游人的鼻腔，我也能寻到机会，和草坪展开一次出乎意料的约会。

那是一顿令我有些猝不及防的晚餐。实在记不清到底是谁先提出在草坪上吃烤肉的决定了。如今记得最为深刻的，只有傍晚时我穿着一双酒店准备的薄底拖鞋进入草坪时，脚踝处被草叶间水珠轻点的那一瞬所感知到的惊人的凉意，就仿佛预支了那一整个夏天的清凉。

烤肉的味道和预期的一样让人满意。还冒着热气的肉串在被牙齿咬住的一瞬间就会迸发出令人惊叹的汁水，尖牙穿透焦脆的外层，里面的肉如棉花般柔软，几乎不用费什么力气，就可以轻易咬穿那被木签穿过的肉块。在口中满意地咀嚼几下，调料的香气顿时弥漫整个口腔，稀里糊涂地一口咽下，口中却仿佛还回荡着那肉串刚入口时爆发出的叫人称绝的汁水香气。于是顿觉不足，伸手取来了下一根串满肉块的木签。

吃烤肉是在那一片白色的帆布之下，那里为这顿独特的晚餐早早就摆放好了露营风格的矮桌和小凳，桌上还贴心地放置了一些凉菜、水果和饮品。白色帆布的各个角都被钢管支撑着，每根钢管上又都悬着一盏散发出橙黄光芒的小灯，同样的小灯在每张桌子上也都放了一盏，它们尽心尽力地为这片原本只由头顶星空提供照明的空间增添了一点地上星火。

我们是在草坪上用餐的，身边不时有小虫飞过，但因为民宿老板娘贴心提供了花露水，飞虫犹豫了好久，最终也没有落到哪个客人身上。身后树林间偶尔会传来几声蝉鸣，为桌前人们兴奋的聊天声做着和谐的伴奏。

那天晚上，白色帆布下人们聊得火热的场景最终被越落越大的雨珠打断。在回到楼上的房间洗漱完毕后，我立在窗边，透过浓厚的雨幕，望着我们方才用餐的地方。那白色的帆布顶仍然安静地立于雨中，灯火却不知何时熄灭了，草坪上漆黑一片，一如此刻无一丝星光的天际。

仍有无数雨珠奋不顾身地扑向大地，我们并没有心思再去欣赏它们。屋内灯光熄灭，房间似一叶扁舟，摇摇晃晃地漂向那名为"夜"的茫茫大海。

夜已深，晚安。

后

记

月亮与书

　　当我在电脑前敲下这一行字的时候，窗外正好有阳光投射到我窗前的树木顶端，我知道，如果打开窗户，就能听到蝉在枝头鸣叫。从窗户望出去，远处是构成了天空宫殿的大朵云彩，近处是沉默稳重挺立的高楼。我的身后是不断发出嗡鸣的空调，面前是从这本书的第一个字开始陪伴我直到现在的电脑。这些都令我万分熟悉，在我第一次尝试用 word 文档写作的时候，我也是这样坐在书桌前，双眼紧盯着键盘与屏幕，用几乎称得上虔诚的态度打下了我的第一篇作品。

　　我不知道那是否称得上一个作品，毕竟在如今的我看来，它的框架、逻辑与文笔都实在太过稚嫩。但，不可否认的是，自那以后，这种在键盘上敲打文字的感觉深深地印在了我的心里。那几乎称得上是一种魔法——将存在于无形之中的想法化为有形的文字，再将文字投射到同样无形的互联网之上，使得相隔千里的人也能够通过最为质朴的黑色图案来了解屏幕另一端的我的想法，两颗相似却全然不同的心之间，在这一刻，只有两块屏幕的距离。

　　我对于写作的兴趣则开始得更早一些，当手指触及笔尖，当字迹流淌成线，最初对于阅读的热爱逐渐演化为了对写作的追求。"我想成为我最喜欢的作者。"小小的姑娘还不知道，厚厚的书本不是只靠字迹填满，日常的生活也需要有精力填充。现实是纯粹而残忍的，当我意识到我的作品可能就完全不会被人看见而哭泣的时候，那个幼小的孩童，好像早已失去了她最本真的模样。

这次写作的过程，坦诚地说，只是为了有一本正式出版的书，来为我的未来铺上一块未必非常绚丽的砖。但写这本书的过程，却在无意之中帮助我找回对于写作最初的欣喜。

这本书中有近一半的内容，是我在学校的晚自习时一笔一画写下的。那些晚上，我总会坐在课桌前，戴上并没有连接发声设备的耳机，垂首认真写下那些曾经照亮了我的故事。教室的白炽灯光投在我的身上，在白纸上留下少许阴影，可在我的眼中，那些或明或暗的光斑已随着笔迹蔓延至空中，组成了一幅幅我曾亲眼所见的画面。

我曾以为，过往九年的很多事情，早就随着时间流逝消失在我的记忆之中了。可当那些悬浮于空中的画面和教室中同学们的嬉笑声一齐传入我的耳中时，我心底的声音告诉我，我从未真正将它们从记忆中抹去。那些我无法忘怀的，令我曾开怀大笑或放声痛哭的事情，从来没有弃我而去，只是我害怕了，胆怯了，将不愿接受的离别化作了一块平整的墙，将它们全部都封存于我梦的最深处。

所幸，那些尚带着体温的情谊，连带着那被我遗忘的最初的梦想，伴随着笔尖流淌的墨迹，重新回到了我的视线之中。

　　带着来自笔尖的温热的梦，我再次将视线放回了曾令我无数次着迷的月亮。

　　《节气的故事》的想法最初来源于我初中时写的一篇小作文，当时本是想用二十四篇随笔将二十四节气的经典景色都描述一遍，因为选题远离现实而被语文老师叫停。之后，"讲一个关于节气的故事"这个念头逐渐在我心里生了根。只不过，随着回忆越走越深，我对这个故事重心的描述，也由纯粹的景，变为景中的人。

　　当万家灯火在同一时刻被点亮时，天上的星星也被映衬得失去光彩。

　　我曾是一个喜欢做梦的人，因为梦中有我到达不了的远方青山和山间云雾。我曾疯狂地迷恋那些虚无缥缈又安宁圣洁的事物，因为它们能带给我现实生活中没有的平静与祥和。我曾坚定不移地认为当我拥有了保障一生温饱的能力，我就会去隐居，因为除去这种方式，我无法在这个世界上求到一个空间，在那里有节律地呼吸。

　　可是，当思想逐渐探入那片已然被封存的殿堂，当画面逐渐在眼前重叠交错，当欢笑再一次回荡在我的耳畔，我感觉，我拥有了重新呼吸的能力。四周的环境依旧没有任何变化，山间的云雾也依然对我有着致命的吸引力，我依然在路上前行，只是奔向山的脚步放缓了许多。那些不再奔向山的日子，我看见了天边火红的夕阳，路边盛放的野花，花坛里一吹就会有白色小伞四处漂浮的蒲公英，夏日里被绿色拥簇着的一朵朵初绽的荷花。当然，还有操场上互相追逐着奔跑的少女们，她们将马尾辫在空中甩得好高好高；小路上摆弄着摄影机的少年，将那破土而出的美好永远定格于时间；草坪椅子上低头背书神情专注的同学，还有那在荷花池旁轻快地舞动了天地的笑颜。

我仍然没有放下对青山的渴望，但我第一次尝试低头去看了脚下的路。我也第一次发现，原来那条路并不是我想象的那般灰蒙蒙且异常古板，恰恰相反，这条路上有繁花似锦，路旁有绿树成荫。

月亮从来都不会发光，是地球另一侧的太阳的光线给予了月亮明亮。同理，真正美好的从来都不是月亮，而是决心走向月亮的那个人，在旅途中所点亮的灯。

因为月亮曾经于天空中照亮过黑夜，所以即使太阳不再给予月亮光明，我们依然坚信，月亮就在那里。

当月亮不再发光，那个立志走向月亮的人所点亮的灯，也会在被黑暗填充的世界里，坚定不移地，为每个仰望星空的人，点亮近处的一小片天空。

一个人点亮的灯或许不够明亮，但当无数人决心走向月亮，那穹顶之上，就会汇聚成一方新的银河。

探索的意义在于探索本身，前行的作用在于继续前行，当我们真切地望向天空，那里，始终都会有一轮千里之外的月亮。

如果没有，那么，请拿起你的笔，为自己绘出一个专属于你的，笔尖的月亮。

请相信我，它会发光。